AF194090

Rirarutsch -
und DU bist futsch!

Beim Humor verstehen wir Deutsche keinen Spaß.

Deshalb finden wir es auch gar nicht lustig, wenn in einer Krimi-Parodie
…der Gärtner ins Gras beißt
…der Pfarrer das Zeitliche segnet
…die Putzfrau nie wiederkehrt
…der Kfz-Mechaniker abschmiert
…der Schaffner in den letzten
   Zügen liegt oder
…der Gynäkologe dahinscheidet

Rudi Hans Böhret

Rirarutsch -
und DU bist futsch!

Bibliografische Information der deutschen Nationalbibliothek
Die deutsche Nationalbibliothek verzeichnet diese Publikation in der
Deutschen Nationalbibliografie; detaillierte bibliografische Daten sind
im Internet über http://dnb.d-nb.de abrufbar.

Gesamtherstellung:
Herstellung und Verlag:
BoD - Books on Demand, Norderstedt
Umschlaggestaltung: Rudi Hans Böhret

Lektorat: Tobias Bumm

ISBN 978-3-7562-1223-1

Anticipado

Nur wer als Arzt, Friseur, Masseur oder Bestatter hautnah mit anderen menschlichen Lebewesen zu tun hat weiß, wie gefährlich selbst solche Annäherungen derzeit für die eigene Gesundheit werden können.

Und so fordert das allgegenwärtige Corona-Virus in sämtlichen Variationen zusätzlich den vollen Einsatz von Commissario Giuseppe „Seppe" Caldofredo, seines Zeichens Kripochef in dem sizilianischen Kaff Pizzapiccola – und das rund um die Uhr. Bitte nehmen Sie seine Tipps zur Bewältigung dieser grässlichen Pandemie ernst – oder auch nicht.

RUDI HANS BÖHRET hat also völlig zu Recht diesem Hans Dampf in allen Gassen einen neuen Band voll aufreibender Abenteuer aus seinem beruflichen Alltag gewidmet.

Aufgepeppt werden die originellen Krimi-Parodien durch zahlreiche skurrile Schnappschüsse von seinen Auslands-Dienstreisen.

Tobias Bumm

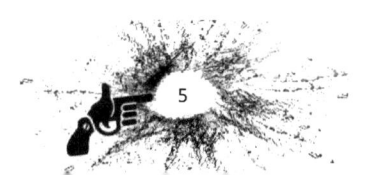

Der Autor

Rudi Hans Böhret genießt sein „zweites Leben" als Un-Ruheständler völlig smartphone-fummelfrei und genauso entspannt wie kreativ in seiner Drei-Flüsse-Heimatstadt Bad Friedrichshall.

Neben seinem anständigen Hauptberuf als Diplom-Verwaltungswirt (FH) und damit lebenslänglicher Beamter eine jahrzehntelange künstlerische Karriere als Maler, Karikaturist, Fotograf skurriler Schnappschüsse und Songtexter. Ganz nebenbei Autor von 18 heiter-satirischen Büchern unterschiedlichster Genres.

Achtzig Kunst-Ausstellungen – unter anderem gemeinsam mit Udo Lindenbergs *Likörellen* und Heiko Sakurais preisgekrönten politischen Karikaturen.

Er verfügt über ein schier unerschöpfliches Reservoir an Humor und zündenden Ideen. Bereits in Jugendjahren Mitglied des Kabaretts „Die Mittelreifen". Mitwirkung bei den „Strudelliteraten", einer Vereinigung von Literaturschaffenden. Nebenberuflich fünfzehn Jahre lang Inhaber einer florierenden Gastspieldirektion, wobei er des Öfteren die von ihm engagierten Künstler selbst am Mikrophon ansagen durfte.

Als Pensionär entdeckt er zusammen mit Ehefrau Helga auf vielen Städtereisen und bisher vierzig Kreuzfahrten die weite und nahe Welt.

Zehn Jahre lang gab er in einer Bad Rappenauer Reha-Klinik seine Begeisterung für die Aquarellmalerei an 4.000 Patienten weiter. Seine Neugierde auf immer Neues begleitet ihn bis heute. So ließ er sich zum 70. Geburtstag

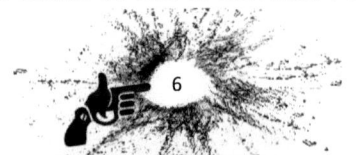

ein Tenor-Saxophon sponsern. Und im zarten Alter von 77 schloss er sich der einheimischen Ü 60-Karate-Gruppe an, deren spezielles Training ihm rundum Fitness schenkt.

Auch ohne zusätzliche Aufzählung seiner breit gefächerten Hobbys zweifelt man keinen Augenblick an seiner Behauptung, dass man aus seinem bereits heute recht erfüllten Leben problemlos – mindestens – drei *Normalbürger* schnitzen könnte.

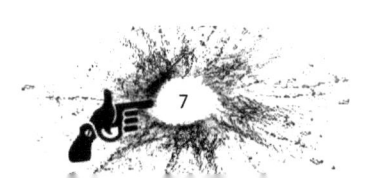

Inhaltsschweres

Kriminalpolizeiliche Anordnung des Commissariats Pizzapiccola: *„Verhaltensmaßregeln zum Schutz vor Corona-Infektionen"*

1. Der Aufenthalt in der „Osteria da Paola", im Ristorante „Romeo i Julia" sowie in der „Cantina di vino" bei Umberto ist nur mit Maske und Windel gestattet.
2. Beim öffentlichen Pinkeln im Park ist ein Mindestabstand von 2,48 Metern zum Nächststehenden/zur Nächstsitzenden einzuhalten.
3. Schnurr- und Vollbärte sind vor dem Schneiden zu waschen und danach von einer Fachkraft restlos zu entfernen.
4. Küssen ist nur im Freien mit einem Mindestabstand von 1.36 Metern erlaubt.
5. Glatzköpfige (m, w, d) haben ihre Kopfhaut mindestens alle 3 Stunden mit geeigneten Spülmitteln zu reinigen und per Einmalhandtüchern zu trocknen. Über die korrekte Einhaltung ist ein Reinigungsbuch zu führen.
6. Beim Benutzen der öffentlichen Verkehrsmittel darf ausnahmsweise auf das Tragen einer Schutzmaske verzichtet werden, wenn der Kopf während der Fahrt aus dem Fenster bzw. der Türe gehalten wird.
7. Haustiere wie Hunde, Katzen, Meerschweinchen, Eichhörnchen, Igel, Ziegen, Pferde oder Schweine haben im Freien nach Maß geschneiderte Masken zu tragen. Ausgenommen sind Krokodile, Papageien und Zierfische.

Pizzapiccola, den 31. Februar 2022
Giuseppe Caldofredo, Commissario

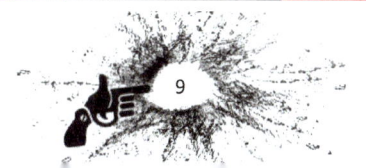

Mammma mia Corona

Wer kennt ihn nicht, den Gigolo-Kripochef aus Pizzapiccola, dem kleinen, verschlafenen 836-Seelen-Dorf auf der von der Sonne verwöhnten Mittelmeerinsel Sizilien?

Giuseppe Caldofredo, eigentlich längst wegen seiner enormen Verdienste zum Capitano befördert und inzwischen sogar auf der Warteliste zum Vice Questore für die Polizeidirektion Messina, verzichtete bisher auf diesen goldenen Stern auf der Achselklappe. Denn schließlich verdankt er seinen weitreichenden Ruhm – dienstlich und vor allem ob seines unvergleichlichen Charmes gegenüber der liebreizenden Damenwelt – einzig und allein dem „Commissario".

Und so ließ er sich zwar nach langen Verhandlungen dazu überreden, wenigstens das ihm zustehende höhere Gehalt anzunehmen, aber die Dienstbezeichnung möchte er bis zur wohlverdienten Pensionierung weiterführen. Obwohl diese bei seinem zarten Alter von 33 Jahren noch in ziemlich weiter Ferne liegt.

Seine ehelich angetraute Gattin MImicrema erfreut sich jährlicher Schwängerung, was ihm inzwischen immerhin sieben bunt gemischte Caldofredo-Küken bescherte. Und so taugt der ihm vom einzigen Autohändler Pizzapiccolas und gleichzeitigen Schwiegerpapa alljährlich gesponserte und in dezentem Postgelb gespritzte Ferrari BTL (Breiter, Tiefer, Lauter) längst nicht mehr als Familienbeförderungsmittel. Für dienstliche Einsätze aller Art sowie die Futtereinkäufe für seinen hochgradig beißwütigen und geistig degenerierten österreichischen Schäferhund namens Adolfo lässt er sich jedoch gerade noch so gebrauchen.

Sobald er aber Dienstwaffe, – eine 27-schüssige Beretta magnum samt fünfzig Reservemagazinen – plus zwanzig Paar Handschellen unterschiedlicher Größen mitführen muss, benötigt er einen separaten Arbeitsgeräte-Anhänger.

Seine engsten – und einzigen – Mitarbeiter Agente Enrico Papagallo, Caporal Tuttipasti und Polizeianwärterin Pipi Dell`Aqua (lange schwarze Haare, 92/60/95 und Model-Beine, bei deren Anblick sich sogar Heidi Klumlitz gefrustet hinter den Zug werfen würde) dürfen sich derweilen an einem in Ehren ergrauten Fiat 490 erfreuen.

Obwohl Caldofredo die meisten der nach Pizzapiccola eingeschleppten Coronaviren zielsicher mittels Dienstpistole erlegen konnte, gelang es doch einem neuartigen Ableger mit der Bezeichnung „Cattivo Lava", in der Bevölkerung Fuß zu fassen. In diesem Zusammenhang fiel dem auch stets zu Späßen aufgelegten Commissario ein Wortspiel ein:

Paten-Tante

Erb-Tante

Mu-Tante

Auf jeden Fall verfügte er per Plakataushang in siebzehn Sprachen die sofortige Impfung aller Dorfbewohner. Er warb für die Impfpflicht-Aktion sogar mittels Gewinnspiel. Erster Preis ein Wohnmobil der Firma Rasante. Außerdem hundert Gutscheine für eine Gratis-Pizza „Nove Statione" in der Cantina Umberto.

Natürlich ging er als Edel-Promi mit gutem Beispiel voran und ließ sich innerhalb eines Tages gleich fünf Mal mit sämtlichen verfügbaren Impfstoffen piksen. Ganz nebenbei platzierte sich dabei die superblonde Arzthelferin Robusta bei Dottore Moltocaputti motivierend und alles andere als beruhigend auf Caldofredos Schoß. Um etwaige Nebenwirkungen gleich im Keime zu ersticken, leerte er anschließend mannhaft und ohne fremde Hilfe ein Fünf-Liter-Fässchen Montepulciano Rosso, Jahrgang 1998.

Wenigstens war in dieser schwierigen Zeit selbst Minilohn-Banditen die Lust zum Morden, Klauen, Betrügen und Vergewaltigen vergangen. Aber solche Delikte hatte „Seppe", wie er von seinen besten Freunden genannt wird, in seinem Zuständigkeitsbereich ja eh nachhaltig ausgerottet.

Auch die Art seiner äußerst einfallsreichen Befragungen hatte sich nicht nur in Italien längst herumgesprochen. Deshalb geben sich sogar bisher völlig unbescholtene rassige Signorinas jeglicher Haarfarbe und Abstammung freiwillig diesen stundenlangen eindringlichen Verhörmethoden widerstandslos hin.

Auf jeden Fall ist es den rigorosen Maßnahmen des Kripo-Chefs zu verdanken, dass sich bis heute in

Pizzapiccola lediglich 1,7 Einwohner mit Corona infizierten, darunter 1,6 Partyrückreisende aus Malle. Diese wurden unverzüglich in strengste Einzelhaft genommen – bei Pasta (ohne Bolognese) und Wasser solo vino.

Obwohl der Commissario seinen Mitbürgern großzügig erlaubt, in den beiden Osterias den obligatorischen Mezzo Litro Rosso ohne Mund-Nasen-Maske zu schlucken, dümpelt die Stimmung geradezu saftlos vor sich hin.

Keine Bus-Touristen aus Germania oder Japan, die per Kreuzfahrtschiff nach Catania anreisen, um im nahen Taormina das Antike Theater in ihre Digitalkameras zu speichern.

Kein Freiluft-Kino, denn wer möchte schon Sophia Loren mit 1,5 Metern Abstand zum Begleiter (m, w, d) feiern?

Auch kein erfrischender Kopfsprung in die derzeit ausgetrockneten und somit beileibe nicht reißenden Fluten des 1 Meter breiten und 30 Zentimeter tiefen Flüsschens Grande Delta.

Einziger Lichtblick im tristen Alltag: Italien ist dank Torhüter Gianluigi Donnarumma Fußball-Europameister 2021. Forza Italia!

Noch nicht einmal eine neue Unikat-Krawatte kann sich Seppe gönnen, da auch sämtliche Bekleidungsboutiquen in Messina und Palermo geschlossen sind. Aber für was bzw. für wen auch immer spätestens alle 148 MInuten die handgearbeitete Seidenkrawatte wechseln, wenn eh nichts passiert?

Oder sollte sich dieser tragische Zustand etwa schlagartig ändern? Womöglich schon im nächsten Kapitel?

Harakiri absolut rostfrei

Nein, dieser beängstigende Zustand wird sich leider nicht im Schnellzugtempo lösen lassen. Doch dazu später mehr. Denn kaum hatte der Commissario an diesem Freitagnachmittag im Juni, an dem die glühende Hitze wie ein zäher Brei über die Landschaft schmierte, sein Büro mit dem trauten Wohnzimmer zuhause getauscht, um im gemütlichen Fernsehsessel Platz zu nehmen, meldete sich in höchstem Maße erregt sein Handy zu Wort. Verdammt, ausgerechnet jetzt zum wohlverdienten Dienstschluss um 15.00 Uhr, wo ihm doch Mimicrema bereits die gekühlten Pantoffeln zusammen mit der obligatorischen Drei-Liter-Pulle mit köstlichem Vino Rosso aus dem Barrique-Fässchen bereitgestellt hatte. Gekrönt durch eine frisch gebügelte Freizeitkrawatte, die mit ihren seidenen Hase- und Igel-Motiven zu seinen Top-Ten zählte.

„Commissario, darf ich Sie in Ihrem wohlverdienten Feierabend stören? Aber es handelt sich wirklich um eine äußerst dringliche Angelegenheit von höchster Brisanz", schrie Paolo Insalata, der Besitzer der „Albergo Al Capone", mit sich überschlagender Stimme in das völlig unschuldige Handtelefon.

„Jetzt klettere mal ganz langsam wieder vom Ätna runter", versuchte ihn der örtliche Polizeichef in ruhigeres Fahrwasser zu lenken. „Was gibt es denn so Wichtiges, Paolo, dass es nicht bis zum Montag Zeit hätte?"

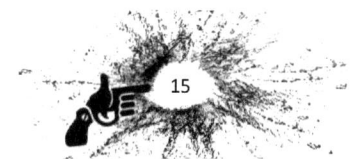

„Nun, soeben wollte ich mit meinem Fleischmesser Carpaccio di Manzo für den Bürgermeister zubereiten, als ich zu meinem großen Schrecken feststellen musste, dass mein Lieblingsküchengerät aus hochwertigem, rostfreiem unentwegt Solinger Stahl unanwesend ist. Verstehen Sie, Seppe, es handelt sich um ein absolutes Spitzen-Messer, für das ich vor zwanzig Jahren schon 98.284 Lire bezahlt habe. Und ich gebrauche es ja nicht nur in der Küche, sondern auch zum täglichen Rasieren. Es bricht mir das Herz und meine Tränen dampfen unentwegt in der heißen Pfanne. Commissario, ich bitte Sie, helfen Sie mir! Dieses Messer habe ich sogar noch mehr gehütet als meine stets treue Signora Camilla. Wer kann nur eine solche Schandtat verübt haben!"

„Okay, Paolo, ich sehe schon: hier ist tatsächlich Gefahr im Verzug! In 87 Sekunden bin ich bei dir. Ich muss nur noch schnell meine Kampfausrüstung umgürten. Man kann ja nie wissen…"

Ein glücklicher Ausdruck stahl sich in Caldofredos mittelmeerblaue Augen, während er sich mit 19 heißen Küsschen von der werten Gattin verabschiedete und mit olympiareifem Weitsprung-Anlauf in seinen gelben Ferrari hechtete. Er durfte wohl davon ausgehen: Wochenende im Eimer! Andererseits endlich mal wieder etwas los in diesem verschlafenen Nest. Sein voller Einsatz war also gefordert.

In Formel 1-Manier quietschte er auf eineinhalb Reifen um die drei dorfeigenen Kurven, sodass er bereits in 79 Sekunden die Albergo erreichte, vor deren

Tür ihn der total verzweifelte Wirt bereits sehnsüchtig erwartete.

„Commissario, bitte finden Sie diesen nichtsnutzigen Schwerverbrecher, der mich in der Ausübung meines heiß geliebten Berufes behindert und meinen Bart ungestutzt sprießen lässt! Und wenn Sie ihn haben, sperren Sie ihn für mindestens fünf Jahre in die dunkelste Zelle bei Aqua solo und vergammeltem Brot!"

Seppe erkannte auf Anhieb, dass es sich um einen außerordentlichen Fall handelte, der seinen ganzen Einsatz fordern würde. Deshalb funkte er auch unverzüglich sein Dienstbüro an, wo seine beiden Vasallen Papagallo und Tuttipasti noch bis 22 Uhr vorschriftsmäßig Dienst schoben.

„Amicos, werft euren Lamborghini-Verschnitt an und kommt zur „Albergo Al Capone". Packt die komplette Ausrüstung ein, also Fingerabdruck- Lesegerät, Videokamera, Schrotflinte usw. Und werft am besten auch noch mein braves Hündchen Adolfo auf den Rücksitz, vielleicht müssen wir Spuren verfolgen."

Nachdem alle – inklusive Dienstwagen – total außer Atem eingetroffen waren, motivierte sich der Kripo-Boss noch im Vorbeigehen an der Theke mittels einem Mezzo Litro Montepulciano d.o.g.c., Jahrgang 1987, was bekanntermaßen seine grauen Gehirnzellen zu Höchstleistungen stimulierte.

Daraufhin begann das polizeiliche Spitzen-Trio den Gastraum penibel nach verwertbaren Spuren zu durchforsten. Aber außer drei Tropfen verschüttetem

Kellerbier und siebzehn verstaubten Pommes Frites samt eingetrockneter Mayo hinter dem Glücksspielautomaten war Fehlanzeige.

„Papagallo und Tuttipasti, ihr beide durchsucht auch alle anderen Räume – also vor allem die Vorratskammer, die Werkstatt und die Damen-Toilette. Und ich werde in der Zwischenzeit mit Adolfo einen Schnüffel-Rundgang im Außenbereich machen."

Gesagt, getan. Das Hündchen nahm sich eine Geruchsprobe am noch unbeschnittenen Carpaccio, schlich auf dem Hofgelände von einem Busch zum anderen und vertiefte sich in sämtliche Wühlmausöffnungen. Doch plötzlich verharrte die empfindsame Nase des Reinrassigen österreichischer Herkunft, um kurz darauf mit Höllentempo auf den momentan unbewohnten Schweinestall zuzustürmen. Der Commissario öffnete ihm die Tür und konnte Adolfos Tatendrang kaum bremsen. Denn in dem nicht völlig CO_2-freien Stall residierte nicht wie üblich eine hochwertige Bio-Sau, sondern der dorfbekannte Kirchenorganist Amadeo di Tonno hatte an diesem unwürdigen Ort ganz offensichtlich sein notengeprägtes Dasein nachhaltig ausgehaucht.

Was den Kripo-Chef jedoch sofort stutzig machte, war ein mächtiger Blutfleck auf dem Persil-gereinigten weißen Hemd des Musikers. Verursacht offensichtlich von einem Fleischmesser erheblichen Ausmaßes und dazuhin zweifellos absolut rostfrei. Das Küchengerät musste nicht nur die Blinddarm-Aorta, sondern auch noch den Zweikilometer-Dünndarm verletzt haben, denn neben dem Blut waren bei genauerem Observieren noch weitere undefinierbare Rückstände zu erkennen.

Ohne dem bereits benachrichtigten Doc vorgreifen zu wollen, war dem Commissario klar, dass Amadeo di Tonno an einem zirka 27,2 cm tiefen Messerstich verblutet war, zumal die Spitze ja auch aus dem Rücken herausragte.

Als sich Giuseppe genauer in dem Stall umschaute, entdeckte er neben dem Toten ein blutbesudeltes Blatt Papier. Mit Mühe gelang es ihm, den in zittriger Schrift und mit vielen Schreibfehlern verfassten Text zu entziffern: „Ich, Amadeo di Tonno, habe mein beschiesenes lepen sadd. Alle behaupden, ich Würde in der kirche fallsch orgeln und keine noden kenen. Desshalb begehe ich hirmit Harakiehri und steche mich ap mit Meßer von Paolo. Ciao!"

In diesem Moment tauchte auch schon der Wirt der Cantina auf und wollte sich auf sein scharfes Arbeitsgerät stürzen. Seppe konnte ihn gerade noch mit einer Vollbremsung stoppen.

„Alto, Al Capone" – so wurde nämlich der Wirt scherzhaft in Anspielung auf den Namensgeber seiner Albergo im Ort genannt - , „zuerst muss der Doc ran und seines Amtes walten. Danach darfst du dich wieder rasieren und dein Carpacchio di Manzo für den Bürgermeister fertigschnippeln. Aber gib bitte auch meinem Adolfo eine ordentliche Portion davon ab, denn schließlich war er es, der dein heiß geliebtes Schneidwerkzeug entdeckt hat."

Paolo alias Al Capone umarmte Seppe samt Adolfo und lud die ganze Mannschaft zu einer Völlerei ein, die viele Stunden dauern sollte. Immerhin aber war für den Commissario der Rest des Wochenendes erfolgreich gerettet.

Sterbe mit mir in den Morgen

„Seppe, du musst sofort herkommen", dröhnte das gewaltige Organ seines alten Freundes Rigoletto Pasta – allseits bekannt unter dem Namen Zweischluck – zu nachtschlafender Zeit schmerzhaft in die linke Ohrmuschel von Commissario Caldofredo. Um keinen sofortigen Tinnitus zu erleiden, legte er den Hörer in drei Metern Entfernung auf den Couchtisch.

„Deine Spürnase und dein Adlerauge sind mal wieder gefragt. Deine Hiwis habe ich bereits im Revier munter gemacht. Du findest uns in Canelloni Alto in der Vicolo San Francisco Nummer 3. Und bring die Gummistiefel mit. Wir waten hier nämlich bis zu den Knöcheln im Blut."

Sein Spezi, der inzwischen als Privatschnüffler seine Paninis verdiente, musste wirklich tief im Sumpf stecken, wenn er ihn um neun Uhr vormittags aus den Federn beziehungsweise den Armen seines liebenden Weibes scheuchte. Andererseits fühlte er sich natürlich geehrt, dass man sich direkt an ihn wandte. Aber schließlich hatten sie beide in der Tat einige knifflige Fälle zusammen aufgeklärt, an denen andere wohl verzweifelt wären.

Der postgelbe Dienst-Ferrari beförderte den Kripo-Chef in rekordverdächtigen zwei Minuten und dreiundsiebzig Sekunden ans Ziel in der Kreisgemeinde. Wie überall erkannte man auch hier den Tatort von weitem schon an der Ansammlung von Neugierigen, die hinter dem Absperrband in den Nationalfarben so lautstark diskutierten, als sei der Krieg ausgebrochen.

Seine höchst attraktive Mitarbeiterin Pipi Dell´Aqua erwartete ihn bereits und führte ihn händchenhaltend ins Haus.

„Unten im Hobbyraum, Commissario. Kein schöner Anblick. Nicht einmal für hartgesottene Sizilianer. Und bitte treten Sie nicht auf die Fußspuren."

„Raimondo Furzo, 47, verheiratet, keine Kinder, Steuerklasse 3", empfing ihn Agente Papagallo reichlich angefressen. Der Anblick des Opfers war wirklich nichts auf nüchternen Magen. Nackt, mit beiden Händen an Wandhaken aufgehängt. Vom Bauchnabel abwärts war der Unterleib aufgetrennt und seine ehemals männlichen Tatwerkzeuge fehlten völlig. Eine riesige Blutlache hatte sich unter der Leiche breit gemacht. Ein Schlachtfest in Reinkultur.

„Sieht ganz nach einer Eifersuchtstat aus. Seine Signora hat ihn gefunden. Der Doc hat ihr schnell ein Beruhigungsmittel in die Venen gejagt. Nach ihren Worten besuchte ihr Göttergatte einen Tanzkurs für Fortgeschrittene. Vermutlich ist es nicht bei der Walzer-Linksdrehung geblieben und das Pärchen hat sich anschließend noch im Bett weitergewälzt", weihte ihn Papagallo in die bisherigen Erkenntnisse ein. „Und man kennt ja die ewig neue alte Geschichte: Ehemann kommt zu früh vom Stammtisch nach Hause..."

22

„Wir haben die flotte Tanzpartnerin übrigens hier. Darf ich vorstellen: Mia Prosciutto. Sie hat auch bereits zugegeben, dass sie mit dem Verblichenen ein Techtelmechtel hatte und dass sie vor ein paar Tagen von ihrem Gatten in flagranti erwischt wurden. Allerdings ist dieser seitdem spurlos verschwunden", ergänzte Privatschnüffler Pasta.

Die fortgeschrittene Tänzerin vergoss derweil bittere Tränen in einer Menge, die ausgereicht hätte, für eine fünfköpfige Familie Suppe zu kochen.

„Ich kann es nicht glauben, dass mein Pietro zu so etwas fähig sein soll. Er hat ja auch nie etwas gesagt. Wegen dem bisschen Sex den Raimondo so bestialisch abzumurksen. Ein bisschen Spaß will man doch schließlich auch noch haben. Das kannst du doch am besten verstehen, Sofia", wandte sie sich an ihre beste Freundin. „Schließlich hast du es doch auch mit anderen Kerlen getrieben, wenn dein Raimondo auf Schicht war."

Das waren ja herrliche Abgründe, die sich da auftaten. „Da sieht man wieder, was passieren kann, wenn man fremdgeht", schmachtete Pipi ihren Chef an. „Aber selbst oftmalige Familienväter sollen bekanntlich dagegen nicht geimpft sein."

„Ich sitze ja deswegen aktuell schon eine längere Bewährungsstrafe ab", erwiderte Seppe grinsend. „Aber diese läuft zum Glück morgen ab. Halte also immer schön Abstand von mir, Pipi."

„Selbstmord würde ich im vorliegenden Fall eher ausschließen", meinte der stets zu Scherzen aufgelegte Caporal Tuttipasti. „Wir haben auch weder ein Schlachtermesser noch eine Schere samt Spiegel vorgefunden. Obwohl wir uns im Hobbyraum befinden. Und da macht man bekanntlich nur Dinge, die richtig Spaß bereiten."

„Bitte treten Sie nicht auf die Fußspuren, Commissario", warnte ihn auch nochmals der Kollege von der Spurensicherung.

„Seppe, hast du so etwas schon einmal gesehen? Da ist doch tatsächlich jemand – höchstwahrscheinlich der Täter – mit seinen Schuhen mitten durch die Blutlache gestapft. Und mir scheint es fast, als wollte er damit eine Botschaft hinterlassen", schüttelte Spezi Zweischluck ratlos den Kopf.

„Leute, ich glaube, ich hab's", frohlockte Pipi Dell'Aqua. „Die Spuren stellen offensichtlich eine Tanzfigur dar. Das ist ganz klar die Promenade beim Tango. Commissario, darf ich bitten? Kommen Sie in meine Arme und wir zeigen, wie das in natura aussieht. Ohne Blut natürlich. Avanti! Langsam-langsam-schnell-schnell! Der reinste Kriminal-Tango."

„Bravissimo! Pipi, du bist ein Ass. Manchmal kann man tatsächlich sogar von euch Frauen noch etwas lernen. Hätte ich bloß damals den Tanzkurs wegen meinem Meniskusschaden am Knöchel nicht abgebrochen."

Pietro Prosciutto hatte ihnen doch tatsächlich sein Geständnis per Tango-Promenade frei Haus geliefert. Und einen Tag später verständigte sie auch prompt das Polizeipräsidium von Messina, dass ein Mann dieses Namens in seinem Wagen mit hoher Geschwindigkeit gegen einen Brückenpfeiler gerast war. Als man ihn fand, habe der auf wundersame Weise heil gebliebene CD-Player den Tango-Ohrwurm „Tanze mit mir in den Morgen" gespielt.

Hut ab zum Gebet!

Banküberfälle zählen heute ja fast schon zu den Kavaliersdelikten. Und so leiden Ortschaften, in denen solche privaten Bereicherungsversuche nicht mindestens einmal pro Jahr stattfinden, geradezu unter Minderwertigkeitskomplexen.

Ausnahme natürlich Pizzapiccola. Denn dort weiß jeder halbwegs geistig Normale, was ihm „blüht" falls er sich an bankeigenen Blüten bedienen sollte. Zudem sollte es sich inzwischen herumgesprochen haben, dass sich in Zeiten von Online-Banking und Zahlungsverkehr mittels Automaten die Bargeldreserven in den Filialen – von bestimmten Gegebenheiten abgesehen – auf Tiefstand bewegen.

Im benachbarten Lasagnegrande beispielsweise erlebt der momentan einzige Angestellte Alberto Moneta geradezu Glücksmomente, wenn sich mal ein Kunde zu ihm in die heiligen Filial-Räume der Vereinigten Genossenschaftsbank Alto Ätna verirrt.

Aber mittwochs garantiert nicht. Uns so schaute er bereits gelangweilt auf seine Rolex-Kopie und setzte schon mal den speckigen Hut auf. Noch zwei Minuten bis zum Feierabend machen. Normalerweise waren sie ja zu zweit, aber Kollegin Viola Trucco weilte mit zwei gleichgesinnten Freundinnen auf Beachboy-Erlebnistour im türkischen Side.

Verflixt! Musste ausgerechnet jetzt noch ein Kunde erscheinen? Schließlich hatte er den dürftigen Kassenabschluss längst erledigt und den Schreibkram säuberlich weggeräumt. Wenn man einmal pünktlich aus diesem Saftladen rauswollte, um sich gemütlich auf der Fernsehcouch den Fünftliga-Kick zwischen Forza Montepulcano und Andanto Finale reinzuziehen.

Alberto Moneta kannte den Last-Minute-Kunden aus dem Nachbardorf. Sie spielten gelegentlich zusammen eine Partie Boccia.

„Na, Tommaso, ist dem Kollegen in der Pampa womöglich das Kleingeld ausgegangen?" frotzelte er.

„Von wegen Kleingeld, du Korinthenkacker. Heute ist nämlich ganz großer Zahltag!"

Dabei holte Sportsfreund Canaglia eine Mega-Plastiktüte aus der Hosentasche und knallte sie auf die Theke des Bankschalters.

„Die füllst du jetzt schön mit deinem kompletten Scheinchen-Vorrat und danach darfst du dann tatsächlich Feierabend machen."

Bei diesen Worten ging er zur Tür und drehte den Schlüssel um. Von außen konnte man den Bankraum wegen der dichten Gardinen nicht einsehen.

„Madonna, Tommaso, wir sind doch hier nicht im Wilden Westen und außerdem bist du nicht der geborene Räuber. Ich müsste Alarm schlagen und du würdest es nicht mal bis zur nächsten Bimmelbahn schaffen. Was soll also der ganze Quatsch?"

„Siehst du, Alberto, im Wilden Westen würde ich dich nach dem Abkassieren rücksichtslos abknallen. Da ich aber weder Waffenschein noch eine geeignete

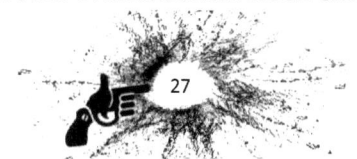

Knarre dafür besitze, muss ich die Aktion sozusagen handwerklich lösen."

Tommaso Canaglia ließ seinen Worten Taten folgen, riss einen schweren Schlosserhammer aus seinem Hosenbund und wog ihn genüsslich in der rechten Hand.

„Also, mach keine Zicken Alberto, vollbringe in deinen letzten Daseins-Minuten noch eine gute Tat und fülle die Tüte endlich mit den Genossenschafts-Klunkerchen."

Bei Alberto Moneta wechselte wie bei einer Verkehrsampel die Gesichtsfarbe von Rot auf bleich und mit zittrigen Händen stopfte er sämtliche Scheine aus der Tageskasse und dem vorsintflutlichen Tresor in den Plastiksack.

„Na also, geht doch. Wenigstens einmal im Leben hast du damit eine gute Wohltat vollbracht, du Zinsenfurzer. Tut mir echt leid um deine Elisa zu Hause, aber ich brauch nun mal dringend die Knete. Und deshalb: Hut ab zum Gebet!"

Der Boccia-Kollege flankte sportlich über die Theke, nahm dem biederen Bankkassier den Hut ab und schlug ihm den Hammer auf den barhäuptigen Schädel. Wobei er wie der Auktionator bei einer Versteigerung zählte: Zum ersten, zum zweiten und zum ...dritten! Eigentlich hätte er gar nicht bis drei zählen müssen, denn Tommaso gab bereits nach dem zweiten Treffer mit einem tiefen Röcheln seinen zeitlebens bescheidenen, aber stets korrekten, Geist auf.

Canaglia jedoch raffte die prall gefüllte Tüte an sich und verließ die Bankfiliale unbemerkt durch das Toilettenfenster auf der Rückseite des Gebäudes.

Elisa Moneta vergnügte sich derweil wie an jedem Mittwochabend inmitten ihrer Volkstanzgruppe. Gemütlicher Ausklang wie üblich in der zünftigen Osteria „Valle d´Oro". Erst als sie gegen 24 Uhr erheblich angeheitert zu Hause eintrudelte, fiel ihr auf, dass der Fernseher nicht lief. Schließlich wollte sich Alberto doch in Ruhe das Fußballspiel anschauen.

Auf die absurde Idee, dass an seiner Arbeitsstelle etwas Außergewöhnliches passiert sein könnte, wäre sie nie gekommen. Schließlich gab es so etwas doch nur im „Romanza criminale". Aber in diesem Kaff, wo sich Fuchs und Hase gute Nacht sagen? Wer sollte denn auch hier wegen ein paar armseligen Kröten die Bank überfallen?

Was sie natürlich nicht wissen konnte: Exakt an diesem Tag hatte Immobilienhai Gandolfo Bluffare dort einen recht erklecklichen Betrag aus Grundstückserlösen in bar eingezahlt.

Vielleicht war ihr Gatte ja auch nur noch ein paar Schritte vor die Tür gegangen. Kurzum, sie machte sich keinerlei Sorgen und ihr von drei Glas Rotwein „Terra di Sicilia" reichlich vernebeltes Gehirn hätte dies auch gar nicht zugelassen. Die Promille nahmen sie in ihre behutsamen Arme und versenkten sie übergangslos in narkoseartigen Tiefschlaf.

Am nächsten Morgen wollte absprachegemäß der Geldkurierdienst noch vor den offiziellen Öffnungs-

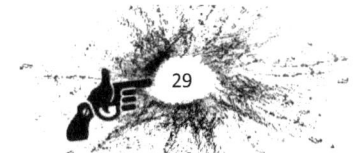

zeiten der Bankfiliale die Bargelder abholen und zur Zentrale bringen. Als der Security Lorenzo Di Coltelli – gleichzeitig freiberufliches Mitglied der Camorra – ohne jegliche böse Vorahnung mit dem Zweitschlüssel den Bankraum öffnete, fiel ihm zuerst gar nichts Ungewöhnliches auf. Doch plötzlich entdeckte er ein behostes Bein, das neben der Kundentheke völlig unmotiviert herumgammelte. Geistesgegenwärtig riss er seine Dienstwaffe aus dem Halfter und schrie: „Beine hoch oder ich schieße!"

Aber es war niemand da, auf den er hätte schießen können. Und Alberto Moneta war ja schließlich bereits mausetot. Die Geldscheinfächer am Schalter waren so leergeräumt wie der weit geöffnete Tresor.

Und auf dem Tresen lag ein Gegenstand, der ganz sicher nichts mit Debitoren oder Kreditoren gemein hatte: Ein blutverschmierter Hammer.

Lorenzo Di Coltelli stürzte ins Freie und schrie seinem Fahrer im Geldtransporter zu: „Allarme, allarme. Banküberfall. Und den Moneta hat der Schlag getroffen!"

Michele Buttafuori schaute seinen Kollegen an wie ein Hilfspfleger in der Psychiatrie seinen Lieblingspatienten. Erst nach einer Schrecksekunde sah er ein, dass dies keine Comedy-Vorstellung war und er funkte das Polizeirevier in Pizzapiccola an.

Schon nach sechs Minuten und 178 Sekunden näherte sich mit heulendem Tatütata der Commissario Caldofredo mit seinen beiden Mitarbeitern Papagallo und Tuttipasti. Noch im Laufen band sich der

Kripo-Chef eine frische Krawatte um und zog seine 27-schüssige Beretta.

Doch am Tatort wachte lediglich der Security-Mann von der Bankzentrale.

„Schauen Sie sich das an, Commissario. Ein Hammer als Tatwaffe. Der Bursche konnte sich noch nicht mal eine Pistole leisten. Kein Wunder, dass er Geld brauchte. Anscheinend kannten sich Opfer und Täter, sonst hätte er ihn ja nicht beseitigen müssen."

„Vollkommen richtig gedacht, Di Coltelli. Endlich mal wieder ein bisschen Abwechslung im tristen Polizeialltag. Wie heißt denn der vom Schicksal Geschlagene?"

„Das ist – oder besser – war Alfredo Moneta und er wohnt in der Strada Bancarotta Nummer 13."

„Ich sag ja immer, die 13 ist eine Unglückszahl", witzelte Agente Pagagallo. „Und dazu noch der passende Name. Der musste ja zwangsläufig gefährlich leben."

„Okay, dann müssen wir wohl zuerst die Familie verständigen. Tuttipasti, du sicherst zusammen mit den beiden Geldboten den Tatort, bis die Spurensicherung eintrifft."

Der Commissario und sein Assistent hievten sich in den Dienst-Ferrari. Zum Glück hatte er im Handschuhfach noch für alle – traurigen – Fälle eine tiefschwarze Krawatte in Reserve.

„Und du, Enrico, hältst dich bitte zurück mit deinem umwerfenden Charme. Immerhin müssen wir eine schlechte Nachricht überbringen."

Sie mussten an der Haustüre der eines kleinen Bankangestellten angemessenen Immobilie lange klingeln, bis eine reichlich verschlafene und ungepflegte Frau im Morgenrock öffnete.

„Commissario Caldofredo und Agente Papagallo vom Polizeirevier Pizzapicola", stellte sich Seppe förmlich vor. „Sind Sie Signora Moneta?"

„Ja, ich bin Elisa. Polizei? Gut, ich habe gestern Abend drei Glas Wein Montepulciano getrunken, bin aber nicht mehr Auto gefahren. Habe ich irgendetwas Verbotenes angestellt?"

„Haben Sie Ihren Mann eigentlich noch gar nicht vermisst, Signora?" fragte Seppe und betrat mit seinem Kollegen die Wohnung.

„Alfredo? Grande Schande! Jetzt, wo Sie es sagen. Ich habe ihn heute Morgen ja noch gar nicht am Frühstückstisch schmatzen gehört."

Der Polizei-Chef sah seinen Untergebenen zwar warnend an, aber es war bereits zu spät: „Signora Moneta, wir müssen Sie etwas Wichtiges fragen. Haben Sie bereits die Steuererklärung für das vergangene Jahr ausgefüllt? Falls ja, müssten Sie diese jetzt berichtigen. Streichen also Sie bitte bei ´Familienstand´ den Vermerk verheiratet und ändern Sie ihn auf verwitwet."

Tommaso Canaglia konnte übrigens bereits am nächsten Abend als Täter überführt werden, als er im Spielcasino von Palermo beim Roulette große Summen setzte. Sein Pech war, dass neben ihm der Immobiliengroßhändler Gandolfo Bluffare am Tisch saß und rein zufällig einen der Geldscheine als seinen eigenen wiedererkannte, nachdem er ihn bei seinem letzten Deal aus Spaß eigenhändig signiert hatte.

„Du warst das also!" schrie er und klemmte Tommasos Hände zwischen das Roulette-Rad.

Aus dessen kreisrundem Gesicht, welches eher einem Fußball aus den Amateurligen ähnelte, aber gurgelten wütende Laute, die scheinbar Worte darstellen sollten. Aber wie hätte dies anders sein können bei einem Gebiss, das man eher mit dem Sägeblatt eines Hilti-Heimwerkergerätes verwechseln konnte.

Inzwischen war auch der alarmierte Commissario in der Spielbank eingetroffen und sein Blick bohrte sich tief in die Augen des Räubers, ehe seine Faust dasselbe mit dessen Blinddarm veranstaltete, was bei selbigem eine sofortige Entzündung auslöste.

Gandolfo Bluffare jedoch freute sich, dass sein Immobilienerlös auf diese Weise so schnell Zinsen getragen hatte.

Waschen, legen, stöhnen...

Im Friseur-Salon „Gusto D´Oro" des reizenden Städtchens Saltimbocca al Mare klingelte sich das Telefon heiser.

„Buon Giorno, Sie sprechen mit Figaro Samuele Artista persönlich. Was kann ich für Sie tun?"

„Dem Himmel sei Dank, dass ich Sie noch erreiche", säuselte ihm eine aufgeregte weibliche Stimme im gebärfähigen Alter aus dem Äther entgegen. „Bei wem ich es auch versuchte – alle hatten bereits geschlossen. Ich brauche doch aber unbedingt noch heute eine neue Dauerwelle samt Tönung, weil ich gleich morgen Vormittag einen für mich eminent wichtigen Geschäftstermin wahrnehmen muss. Wenn Sie mich also noch drannehmen könnten, Maestro, hätten Sie bei mir einen riesigen Felsbrocken im Brett."

Der Herrscher über Scheren und Kämme musste nicht lange überlegen. Dauerwelle mit Tönung = drei Stunden. Also Minimum 123 Euro. Inklusive Trinkgeld womöglich 132 Euro. Vielleicht war die Signorina ja auch noch nett und entgegenkommend? Außerdem: Über eine neue Stammkundin freute man sich in diesen schwierigen Zeiten besonders.

Und wenn er bedachte, was ihn stattdessen zu Hause erwartete: Eine vertrocknete, keifende, Fernsehshow-süchtige Schabracke, die ihren paranoiden Köter besser behandelte als ihn. Kein Tag verging, an dem er sich nicht verfluchte, dass er damals nicht an ihrer Stelle sein leckeres Lehrmädchen in den Hafen

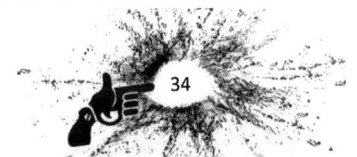

der Ehe gelotst hatte. Erst vor kurzem drohte er der Gattin mit Scheidung, aber sie hatte ihn nur höhnisch ausgelacht.

„Ohne mein geerbtes Geld kannst du dann aber deinen armseligen Schnippel-Laden schließen, du Pseudo-Barbier. Wenn dir das Glück hold ist, darfst du dann vielleicht noch auf Jahrmärkten als *Samu, der Hunde-Coiffeur* auftreten."

Das war wirklich zu viel des Bösen. Sie hatte an seiner Berufsehre gekratzt, so sehr, dass es ihn geradezu körperlich schmerzte. Er, Figaro Samuele Artista, als Hundefriseur auf Jahrmärkten!

„Überhaupt kein Problem, Signorina, Sie können selbstverständlich gerne noch vorbeikommen", schmachtete er in den Hörer. „Für eine zufriedene Kundschaft gebe ich alles. Ich hatte heute Abend sowieso nichts Besonderes mehr vor."

Schnell überprüfte er vor sämtlichen verfügbaren Spiegeln sein Outfit und zog den Scheitel nochmals akkurat nach. Danach noch ein kräftiger Sprühstoß aus dem Eau-de-Toilette-Flacon von *Davidoff La Notte* und die Lady konnte anrücken. Er war für alle Schandtaten bestens gerüstet.

Kurz darauf öffnete sich auch schon die Tür und ein himmlisches Wesen in Blond, mit einem etwas breiteren Schal um die herrlich geformte Hüfte, schwebte herein. Perfektes Make-Up und der Duft ihres *Chanel Nr. 5, der aus ihrer Bluse drang*, vereinigte sich auf der Stelle mit seinem aufgesprühten *Davidoff.* All dies zusammen löste bei dem Maestro akute Atemnot aus. Das war doch mal was anderes als seine angeheiratete Nörgel-Zicke mit dem täglichen Erschöpfungsschlaf bis zum Mittagessen. Wohlan, die Dauerwelle konnte sich kringeln.

„Ich heiße Sabrina Coscia", strahlte sie ihn mit einem unwiderstehlichen Lächeln an und reichte ihm eine graziöse Hand. Fast hätte er diese sogar geküsst, aber dann fiel ihm gerade noch rechtzeitig ein, dass er hier doch keinen Auftritt als Operetten-Buffo hatte. Aber die Übereinstimmung ihrer bezaubernden Schenkel mit ihrem Namen konnte er bereits jetzt bestätigen, als sie auf dem Sessel Platz nahm und die Beine übereinanderschlug. Mit zittrigen Fingern hängte er ihr den Umhang über den ganzen Körper, um nicht zu sehr abgelenkt zu sein.

„Na, wie hätten wir es denn gerne?" sprach er die späte Kundin in der berufstypischen Redewendung an. „Darf es ein dezentes Brünett sein oder eher ein rasantes Kastanienbraun? Das würde Ihren Teint bestimmt perfekt unterstreichen."

„Ja, ich hatte eigentlich auch an ein leicht gelocktes Kastanienrotbraun gedacht, Herr Figaro."

„Bitte sagen Sie einfach Samuele zu mir, Signorina. So nennen mich auch meine besten Freunde. Darf ich nun Ihr Haar anfeuchten? Danach mache ich uns einen Kaffee und Sie dürfen sich solange eine Zeitschrift aussuchen."

Der Herrscher über Scheren und Kämme tänzelte um sie herum, als wäre er auf dem Wiener Opernball und beinahe hätte er noch einen Doppelaxel mit eingesprungenem Rittberger obendrauf gesetzt.

Zwei Stunden vergingen wie im Fluge und ihre Unterhaltung wurde immer vertrauter. So konnte es nicht ausbleiben, dass Figaro Artista ihre abgeschnittenen Haare mit den Fingern einzeln von ihrem Busen pflückte und einmal wäre er fast bei seinen Tanzeinlagen gestolpert, hätte er sich nicht mit beiden Händen reaktionsschnell auf ihren inzwischen wieder entblößten Schenkeln abgestützt.

Da dies der Kundin aber offensichtlich gar nicht unangenehm war, nahm er seinen ganzen Mut zusammen und versuchte sie zu küssen, als sie gerade wehrlos unter der Trockenhaube vor sich hin röstete.

Und genau in diesem Moment geschah es. Bevor er in die Hände einer gnädigen Ohnmacht fiel, spürte er nur noch einen wahnsinnigen Schmerz an seiner linken Gesichtshälfte. Daraufhin legte irgendetwas in seinem Gehirn den Hauptschalter um.

Am nächsten Morgen zog Revierleiter Michele Forza vom Polizeiposten in Saltimbocca Al Mare einen dicken Umschlag aus dem Dienstpost-Briefkasten. Die Kollegen hielten gerade gemütlich Frühstückspause.

„Na Michele, was bringst du denn Schönes?", wurde er neugierig gefragt. „Schickt uns etwa jemand wieder eine Anti-Aging-Produktprobe für genervte Gesichtshaut? Nun mach doch schon auf!"

Forza öffnete das DIN A4-Kuvert und entnahm ihm eine Plastiktüte, bei deren Anblick das gemeinsame Frühstück sofort nachhaltig gestört wurde. Auf

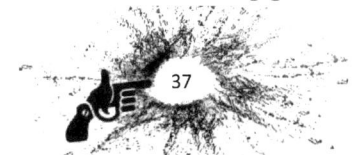

der Tüte lag zusätzlich ein handgeschriebener Zettel: „Auch wenn es sich nicht um das berühmte Ohr von Vincent van Gogh handelt, war es dennoch für den Verunstalteten höchste Zeit, sich davon zu trennen. Ich wünsche viel Spaß bei der Suche nach dem restlichen Kadaver!"

„Mann, o Mann", stöhnte der Postenführer, „das ist eine Nummer zu groß für uns. „Ich ruf gleich die Kripo in Pizzapiccola an."

Dort war bisher jedoch keine Vermisstenanzeige nach einem ohrlosen Mann eingegangen. Erst als eine Signora Melissa Artista meldete, dass ihr Gatte nach einer Dauerwelle an einer verspäteten Kundin am Vorabend bis jetzt nicht nach Hause zurückgekehrt sei, fuhren die Beamten vom zuständigen Polizeirevier zu dem Friseursalon „Gusto D´Oro". Unterwegs schaffte es Commissario Caldofredo gerade noch rechtzeitig, die Krawatte zu wechseln.

Mit dem ihnen überlassenen Zweitschlüssel öffneten sie die ordnungsgemäß verschlossene Tür und fanden einen Mann regungslos in einem Friseurstuhl sitzend vor. Ein schrecklicher Anblick, denn sein linkes Ohr fehlte und weil das dem mutmaßlichen Täter scheinbar noch nicht genug war, auch noch Daumen und Ringfinger der rechten Hand.

Dem Ausmaß der Blutlache nach zu urteilen, die sich quer über den Raum verteilte, konnte der Haarkünstler a.D. (außer Dienst) keinen Tropfen des lebensnotwendigen Saftes mehr in den Adern haben.

Auch hier lag ein handschriftlicher Zettel auf dem Friseurtisch: „Scusi, ich fand leider kein passendes Kuvert mehr. Ich habe mir daher erlaubt, die gepflegten Fingerchen an einen zufällig herumstreunenden Hund zu verfüttern. Falls Sie ihm zwecks Spurensuche den Magen auspumpen wollen – es handelte sich um einen schwarzen Dobermann, der laut Hundemarke auf den Namen Bello hört."

Bei Melissa Artista klingelte derweil das Telefon. „Hallo, Meli, hier ist die Rebecca. Ich wollte dir nur Vollzugsmeldung erstatten. Mal ehrlich, was taugt ein Haarschnippsler ohne die wichtigsten Finger seiner Arbeitshand? Aber ein Kompliment muss ich ihm nachträglich machen: Sein Rasiermesser war echt scharf. Vermutlich so scharf wie er, als er noch fremdgängig funktionierte. Das linke Ohr war dann nur noch eine spontane Zugabe. Was meinst du? Natürlich hatte ich Handschuhe an! Nicht der beste Polizist der Welt – noch nicht einmal der berüchtigte und vom Erfolg verwöhnte Commissario Caldofredo aus Pizzapiccola – kann uns einen Strick drehen. Komm, lass uns irgendwo einen kräftigen Schluck nehmen, bevor dir die Kripo offiziell die traurige Nachricht vom plötzlichen und unerwarteten Ableben deines über alles geliebten Gatten überbringt. Und vergiss bitte ja nicht, darüber bittere Tränen zu vergießen."

Rirarutsch –
und DU bist futsch!

Polizeianwärterin Pipi Dell`Aqua war von Commissario Giuseppe Caldofredo – wie bereits erwähnt – eigenhändig zur Verstärkung seiner Stammtruppe in Pizzapiccola auserwählt worden.

Nicht nur, dass die 23-Jährige in allen Punkten seinen speziellen Einstellungskriterien entsprach, sie war auch genauso perfekt ausgebildet in Judo, Karate plus Schießen mit sämtlichen Kalibern sowie Führerschein für Fiat 490.

Dass sie also auch sportlich auf hohem Niveau mithalten kann, ist damit selbstverständlich. Nicht von ungefähr verfügt sie über ein gesundes Selbstwertgefühl, das sich auch in ihrer Sprache ausdrückt.

Wie an jedem dienstfreien Sonntag war sie auch an diesem Morgen im August noch vor dem Frühstück zum ausgiebigen Joggen im freien Gelände unterwegs. Ihre knappen Shorts und ein T-Shirt Größe 32 waren kaum in der Lage, die weiblichen Merkmale ihrer beanstandungsfreien Figur zu verstecken. Gestört wurde der herrliche Gesamteindruck nur geringfügig von einem Schulterhalfter, in dem ihre Dienstpistole im Rhythmus ihres Laufstils hin- und herschaukelte. Alle Beamten des Polizeireviers von Pizzapiccola waren nämlich angewiesen, auch in der Freizeit bei Alarm sofort voll einsatzfähig zu sein. Der Commissario war ihr leuchtendes Vorbild; nur musste er sogar noch zusätzlich stets einen gewissen Vorrat an Krawatten mitführen, um für alle Eventualitäten gewappnet zu sein.

Vor einem kleinen Waldstück gönnte sich Pipi auf einer Bank eine kurze Verschnaufpause.

Von weitem näherte sich eine Gruppe von drei Männern mittleren Alters, die selbst auf die Entfernung erkennen ließen, dass sie sich entweder noch von einer durchzechten Nacht erholen mussten oder womöglich schon zu dieser frühen Uhrzeit ein alkoholisiertes Breakfast genossen hatten.

Auf jeden Fall machte sie ihr Zustand mutig. Denn sie stellten sich vor der hübschen Beamtin in Pose und musterten sie mit eindeutigen Blicken. Da die Polizeianwärterin erst seit kurzem im Ort tätig war, kannte sie bisher kaum jemand.

Der erste „Bewerber" schnalzte anerkennend mit der Zunge und rollte die Augen. Der Zweite rieb seinen Daumen in eindeutiger Geste zwischen Zeige- und Mittelfinger und der Dritte massierte mit der Rechten stöhnend seinen Schritt.

Die Beamtin machte den Spaß mit und formte einen verheißungsvollen Kussmund.

„Na, eure Nacht war wohl nicht sehr ergiebig?" flachste sie und schlug die Beine provozierend übereinander.

„Mann, ist das ein Weib!" meinte der Erste. „Wie heißt du denn eigentlich, Süße?"

„Ich bin die Pipi!"

Darauf bekam sich das Trio fast nicht mehr ein. „Setz dich doch mal für uns ins Gras und mach Pipi!"

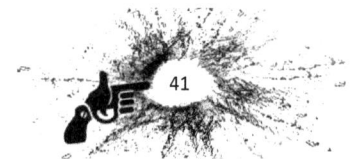

dröhnten sie vor Lachen und drängten sich zu ihr auf die Bank.

Immer mutiger und zutraulicher tätschelte ihr einer die Schenkel, der nächste versuchte sie ungestüm zu küssen und berührte dabei ihren Busen. Dabei riefen sie im Chor: „Pipi, Pipi, wir küssen deine Lippi!"

Allmählich wurde es der jungen Beamtin aber doch etwas mulmig. Da hatte sie anscheinend etwas provoziert, das so ganz gewiss nicht enden sollte.

„Nun lasst es mal gut sein, Jungs", versuchte sie die drei Aufgeheizten wieder auf Normaltemperatur zu bringen. „Ihr habt euren Spaß gehabt und jetzt geht schön nach Hause zu Mutti!"

Doch damit erreichte sie genau das Gegenteil. Getreu dem Motto „Gelegenheit macht Diebe!" stürzten sich nun die drei Pseudo-Liebhaber auf sie, rissen sie voller Gier von der Bank und warfen sie zu Boden. Nachdem sie sich schnell vergewissert hatten, dass weit und breit weder Mensch noch Tier in Sicht waren, begannen sie, sich zu entkleiden.

„Carlo, Avise, so etwas Schnuckliges ist mir schon lange nicht mehr untergekommen. Und dazu noch in freier Wildbahn und vollkommen waffenscheinfrei", freute sich der Zungenschnalzer. „Jetzt müssen wir nur noch die Reihenfolge des ersten Schusses auslosen."

Der Dritte, den sie mit Luca anredeten, machte sich einstweilen an den Shorts der Joggerin zu schaffen und sang dazu: „Pipi, ach Pipi, zeig mir doch deine Rippi!"

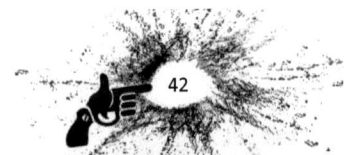

Wieder schüttelten sie sich vor Lachen und die Vorfreude auf dieses unerwartete und ungeplante Sonntagsvormittagsvergnügen zeichnete sich allmählich an ihren strammen Hosen ab.

Pipi aber erkannte, dass sie mit einem Appell an die Vernunft ihrer „Verehrer" nichts mehr erreichte. Sie sprang auf und schrie: „Schluss jetzt, Jungs, nehmt umgehend eure Hosen und die Arme hoch, sonst knallt's! Eure Pipi ist nämlich Polizistin und würde jetzt gerne mal eure Ausweise sehen."

Erst jetzt nahmen die drei Vergewaltiger in spe die Pistole unter Pipis linker Achselhöhle wahr und dass es ihr mit ihrer Drohung durchaus ernst war.

„Ja, Leute, versuchte Vergewaltigung einer Polizistin im Dreierpack – und dazu auch noch an einem Sonntag – das wiegt schwer und verdient einen Denkzettel mit Langzeiterinnerung. Wer von euch hat dafür die notwendigen Eier und meldet sich freiwillig zur Bestrafung?"

Das vorhin noch so mutige Trio litt plötzlich unter hochgradigem Schüttelfrost und jeder versteckte sich vor Angst schlotternd hinter dem Kollegen.

„Gut, dann überlasst mir die Auslosung. Stellt euch in einer Reihe auf zum Abzählen!"

Sie zog und entsicherte ihre Waffe und begann von links nach rechts mit dem allseits bekannten Kinder-Reim zu zählen: „Rirarutsch – und DU bist futsch!"

Den Linksaußen Carlo traf der Hauptgewinn und sie bewegte zärtlich den Finger am Abzug. Nicht, dass sie etwa auf den Kopf gezielt hätte oder auf die Brust.

Der Pistolenlauf zeigte noch nicht einmal dorthin, wo für gewöhnlich des Mannes wertvollster Körperteil gelagert ist. Vielmehr bewegte sich die Patrone zielgenau auf seine rechte Kniescheibe zu, die sich daraufhin prompt vom Gelenk löste und über den grasbedeckten Boden kullerte. Ein gellender Schrei folgte auf dem Fuße.

Pipi hob den sich selbständig gemachten Körperteil auf und steckte ihn dem Verletzten in die Hosentasche.

„Vielleicht findest du einen großzügigen Orthopäden, der dir das Ding wieder antackert. Auf jeden Fall wirst du künftig beim Joggen, Kicken und Tanzen stets daran erinnert werden, dass man keine Frau zu Dingen zwingt, die sie nicht selbst wünscht. Schon gar nicht, wenn sie Polizistin ist. Und ehe ihr auf dumme Gedanken kommt: Ich habe mich lediglich gegen eine geplante schwere Straftat zur Wehr gesetzt. Capisto?

Doch jetzt geht brav nach Hause und tut Buße. Du, Carlo, lässt dir von deiner lieben Gattin Erste Hilfe leisten und erzählst ihr einfach, ein Wildschwein hätte dich bei eurem Waldspaziergang angefallen und gebissen. Los, verschwindet, ich muss nämlich wirklich dringend Pipi machen...“

Home-Killing

Während Deutschland und andere europäische Länder seit einiger Zeit im täglichen Leben von Anglizismen geradezu überschwemmt werden, hält sich dieser Unsinn auf Sizilien noch in überschaubaren Grenzen.

Home-Office statt Heimarbeit oder Home-Schooling statt Hausaufgaben – wer braucht denn so etwas?

Dagegen zählt der Begriff „Home-Killing" auf der größten Mittelmeerinsel eigentlich zur normalen Umgangssprache. Sizilien: die Heimat von Comorra und Vendetta.

Und genau ein solch eingeschworener Ableger der Mafia macht seit kurzem zum Beispiel in der näheren Umgebung von Pizzapiccola von sich reden. Mit Werbung in diversen Blättchen bietet er seine speziellen Dienste an, unter anderem mit derartigen Formulierungen:

Fällt dir dein Partner sehr zur Last,
erspare dir zehn Jahre Knast
und überweise mir als „Spende"
10.000 Euro von der Rente.
Egal, ob Gift, ob Kugel, Seil,
durch mich krepieren – das ist geil!

Anfragen und Angebote unter Chiffre 6-12380 „sfinito speciale".

Da in dem Nachbarstädtchen Lasagnegrande soeben ein reicher Geschäftsmann mittels Blausäure

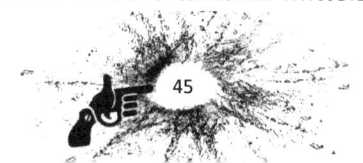

im 7-gängigen Abendessen zu Tode kam, baten die dortigen Ermittler den erfahrenen Commissario samt Team um Unterstützung. Stutzig waren sie vor allem deshalb geworden, weil die vor Trauer untröstliche Witwe bereits am nächsten Tag mit dem zwanzig Jahre jüngeren Firmen-Chauffeur zu einem längeren Erholungsurlaub auf die Seychellen abhob, nicht ohne vorher noch das ansehnliche Postsparbuch des Gemeuchelten einzustecken.

Der hinzugezogene Leichenschnippler Quando Morto aus Palermo stellte einwandfrei ein Gewaltverbrechen fest. Doch der Täter bzw. die Täterin hatte nicht die Spur einer Spur hinterlassen und niemand hatte ihn gesehen. Also ein Voll-Profi!

Allerdings fand man in einer Schublade der Hinterbliebenen Gundula di Puttana in Brokkoli eine neueste Ausgabe des „Play-Man", in der genau die geschilderte Werbe-Anzeige veröffentlicht war. Dies setzte natürlich umgehend sämtliche Gehirnströmungen des Kripochefs aus Pizzapiccola in Bewegung.

Unverzüglich tastete er die Nummer seines früheren Kollegen und heutigen Privatschnüfflers Rigoletto Pasta ins Handy, - besser bekannt unter seinem Pseudonym „Zweischluck"-. Dieser Spitzname rührt daher, dass sein Namensträger es ohne größere Anstrengung schafft, einen Liter Wein in zwei Schlukken restlos in der Kehle zu beseitigen. Immerhin ist er dank seiner Kundschaft nicht auf eine Region beschränkt, sondern auf der ganzen Insel bestens vernetzt.

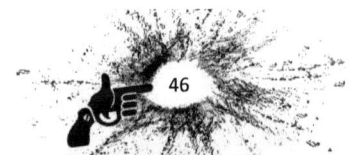

„Ciao Seppe, alter Spezi, schön mal wieder von dir zu hören. Ist womöglich Bambino Numero acht schon angesetzt? Was hast du denn auf deinem viel geliebten Herzen?"

Caldofredo schilderte ihm die bisher bekannten dürftigen Ermittlungsergebnisse, worauf er geradezu von den Schallwellen übertragen das listige Grinsen seines Freundes spüren konnte.

„Ich habe da so eine Erleuchtung, Seppe. In letzter Zeit treibt auf unserem geliebten Sicilia ein Gauner sein Unwesen, dessen Vorgehensweise deinem Fall ähnelt. Ein völlig anonymer Vogel, der seine Opfer in allen möglichen Varianten abnippelt. Niemand kann ihn beschreiben, keiner kennt seinen Namen oder seinen Wohnort. Er kommt, legt den Schalter um und verschwindet wieder genauso lautlos. Auffällig ist nur, dass die nächsten Angehörigen anschließend entweder stinkreich sind oder umgehend neue Partnerschaften eingehen.

Weil der Unhold wie eine Ratte im Kanalnetz abtaucht, hat man ihm den Beinamen „Ratto" verpasst. Auf seine Ergreifung ist eine hohe Belohnung ausgesetzt. Natürlich nicht von den „Beschenkten", sondern von der Staatsanwaltschaft in Palermo.

Deshalb: Wie wäre es, wenn wir diesem Ratto im wahrsten Sinn des Wortes eine Falle stellen? Die Belohnung teilen wir uns natürlich freundschaftlich, gönnen uns zehn Liter bei Umberto vom Feinsten aus dem Barriquefässchen und anschließend darfst du mich dann „Einschluck" nennen."

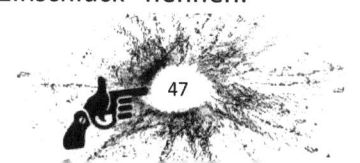

„Genial, Pasta", begeisterte sich Seppe Caldofredo. „Ich werde heute Nacht darüber schlafen – falls mir denn Mimicrema dazu eine Chance gibt!"

Er brach die Tatortbesichtigung in Lasagnegrande kurzerhand ab und schickte seine Vasallen in den wohlverdienten Feierabend. Zu Hause nahm er nochmals einen Anlauf in seinen bequemen Fernsehsessel, bat die Familie, ihn nicht zu stören und grübelte stundenlang, bis ihn endlich eine 300-Volt-Erleuchtung einholte.

Ja, das war´s! Er würde das Polizeipräsidium in Messina bitten, ihm für einen Spezialauftrag eine geeignete Kollegin abzustellen. Diese sollte dann der „Ratte" unter der angegebenen Chiffre-Nummer einen Auftrag zu erteilen. Mit der Begründung, dass ihr bisheriger Liebhaber eifersüchtig auf ihre neue Liebschaft reagiere. Geld würde keine Rolle spielen.

Bereits am nächsten Tag traf die Kommissar-Azubi Antonella Faltobella voller Begeisterung im Revier ein. Denn zum einen würde dieser Job ihrer Karriere bestimmt förderlich sein, andererseits hatte auch sie wie alle schönen Frauen mehr als nur ein Auge auf Seppe geworfen und wollte ihm gerne diesen Gefallen erweisen.

Jetzt brauchten sie nur noch ein „Opfer", das von Il Ratto per Strick ins Jenseits befördert werden sollte. Als der Commissario seinen Freund Pasta in seine Idee einweihte, war dieser sofort Feuer und Flamme.

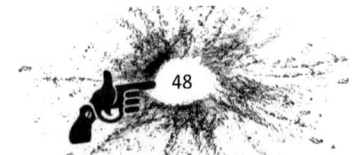

48

„Mensch Seppe, das machen wir. Ich bin schon lange nicht mehr erhängt worden! Als ´Tatort´ würde ich das kleine Wäldchen bei Quattro Stagione vorschlagen – da sind schließlich genug Bäume vorhanden, an denen mich die Ratte aufknüpfen kann."

Signorina Antonella schrieb dem ´Beseitiger diverser unerwünschter Subjekte´ einen ausführlichen Brief an die angegebene Chiffre-Nummer und nannte als Tatort das von Pasta vorgeschlagene Wäldchen. Zeitpunkt für das „Treffen" am besten gegen 22 Uhr, um die Dunkelheit zu nutzen.

Bereits nach zwei Tagen trudelte die Antwort im Polizeirevier ein: „Einverstanden! Auftrag wird zuverlässig am morgigen Abend erledigt. Bitte hinterlegen Sie meine Gage in Höhe von 10.000 Euro unter der Leiche."

Der Commissario machte sich samt seinen Mitarbeitern und dem auserwählten Opfer Rigoletto Pasta rechtzeitig auf den Weg, um geeignete Plätze für den Überraschungscoup zu suchen und sich zu verstekken. Natürlich musste er sich noch rasch vorher einen neuen Halsumschlinger umbinden, denn die übliche Frist von 148 Minuten war inzwischen abgelaufen.

Antonella aber turtelte mit der Leiche in spe Pasta (was diesem übrigens gar nicht unangenehm war) unter einem speziell ausgewählten Baum mit zahlreichen Ästen – bestens geeignet fürs Erhängen.

Pünktlich auf die Sekunde schlich sich ein zur Unkenntlichkeit Vermummter von hinten an das „Liebes-Pärchen" heran und wollte den Pseudo-Liebhaber mit einem Knüppel niederschlagen.

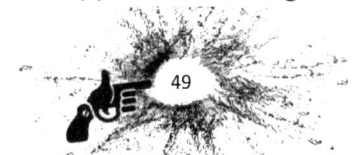

Doch da ertönte ein Warnruf durch Seppe und er stürmte mit gezogener Beretta auf den Mordwilligen zu.

„Auf den Boden mit dir und die Hände brav auf den Rücken!" fletschte der Kripo-Chef mit messerscharfer Stimme, die mühelos ein argentinisches Rindersteak hätte zerlegen können. Mit einem Stück Strick, das er kurzerhand zu Hause von Mimicremas Wäscheseil abgetrennt hatte, fesselte er den gesuchten Mörder.

Inzwischen hatten sich alle Polizisten um den Überraschten geschart und Seppe riss ihm die Maske vom Gesicht.

Zum Vorschein kam eine zirka 30-jährige Visage mit Vollbart und mehrmals gebrochener Nase, deren Ausdruck exakt auf den Inhaber einer Pferdeschlächterei gepasst hätte.

„So, du bist also der von zahlreichen Kunden bestens honorierte Vollstrecker – geradezu verehrt als Ratto, die Ratte. Aber verrätst du uns auch deinen richtigen Namen?"

Wutentbrannt stammelte der Entlarvte: „Ich heiße Masturbo Penetrato und stamme aus Monte Popolo."

„Dieser Name ist ja für dich wie handgefertigt", kriegte sich Pasta vor Lachen fast nicht mehr ein und Seppe ergänzte: „Auf jeden Fall hat es sich für dich ab sofort ausgerattet, denn du bist uns voll in die Falle getappt. Das einzige, was du künftig noch mit einer Ratte gemeinsam hast, wird ein dunkles, dreckiges

Loch sein, in dem du mindestens 15 Jahre vor dich hin stinken wirst. Versprochen!"

Die Belohnung wurde prompt ausgezahlt und so konnte die gesamte Polizeitruppe ausgelassen die ganze Nacht durchfeiern.

Die erfolgreiche Mitwirkung von Kommissar-Azubi Antonella wurde lobend erwähnt und Rigoletto Pasta schaffte es voller Ehrgeiz tatsächlich zur neuen Titulierung „Einschluck".

Der Commissario aber fand am nächsten Tag im Briefkasten ein Schreiben, dessen Inhalt ihn sofort eine seiner schönsten Krawatten umbinden ließ:

„Commissario (offiziell: Capitano) Giuseppe Caldofredo aus Pizzapiccola, Sizilien, wird hiermit aufgrund seiner ungewöhnlichen Erfolge in und außer Dienst zu einem dreimonatigen internationalen Lehrgang eingeladen.

INTERPOL Paris

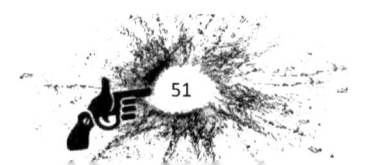

Moulin Rouge, Paris

Kaum hatte Giuseppe Caldofredo seinen Koffer und seine separate Kühltasche mit einem exklusiven Krawattenvorrat im Hotel „Les Trois Cadavres" ausgepackt, nötigte ihn schon ein schriller Dauerton ans Telefon.

„Bonjour, Monsieur Le Commissaire, hatten Sie eine gute Reise? Hier spricht Nathalie Boucle von Interpol Paris. Hätten Sie Lust, heute Abend mit mir zu dinieren und danach im Moulin Rouge die Show anzuschauen? Dann könnten wir nebenbei auch das Programm für die nächsten Tage besprechen", drangen schmeichelnde Worte an sein Ohr, die bestimmt aus einem glutrot geschminkten Mund stammten.

Seppe legte all seinen überschäumenden Charme in die zustimmende Antwort: „Mit Begeisterung, Mademoiselle!"

„Bien, dann hole ich Sie um 20.00 Uhr am Hotel ab."

Donnerwetter, dieser Lehrgang ließ sich ja bestens an. Zwei Stunden lang seifte sich der Kripo-Chef aus Pizzapiccola unter der Dusche fast die Haut von den Muckis und föhnte eine kühne Locke in seine blonde Haarpracht.

In seinem Krawattenmix fand er tatsächlich ein Exemplar mit einer roten Mühle vor einem dunkelblauen Hintergrund – exakt abgestimmt auf das weltweit einmalige Show-Programm und seinen Anzug aus feinstem Zwirn. Danach noch 5 Zentiliter Chanel Nr.

5 unter sämtliche Höhlen gesprüht und der Abend samt Kollegin Nathalie konnte kommen.

Nach einem vorzüglichen Dinner in einem Sieben-Sterne-Restaurant inklusive Streifzug durch die äußerst ergiebige Weinkarte war die Stimmung der beiden Polizisten schon reichlich angeheizt.

Im „Moulin Rouge" zeigte Nathalie diskret ihren Dienstausweis und ein Kellner mit Dauerverbeugung infolge Bandscheibenbeschwerden geleitete sie zu einem Separée. Die übrigens äußerst knusprige Kollegin hatte anscheinend an alles gedacht. Und so konnte es auch nicht ausbleiben, dass man schon nach dem ersten Schluck aus der Champagnerflasche beim vertrauten Du angekommen war – begleitet von nicht enden wollenden Küsschen. Ein heißblütiger Sizilianer und eine bestimmt sehr liebeserfahrene Französin: Das konnte ja heiter werden!

Pünktlich um 22 Uhr wurden die Lampen im Séparée wie auch im gesamten Saal auf Notbeleuchtung gedimmt; nur die Bühne erstrahlte im gleißenden Licht der Scheinwerferbatterie.

Die Band stimmte heiße Can-Can-Rhythmen an und zwölf rassige Tänzerinnen stürmten die Bretter des weltberühmten Cabarets. Tosender Applaus und Begeisterungsstürme begleiteten den Auftritt, als die wohlgeformten Beine samt Röcken bis fast zur Decke flogen. Erst nach zwei Zugaben wurden die Girls zu einer wohlverdienten Pause verabschiedet.

Seppe und Nathalie waren sich inzwischen immer näher gekommen. Gerade, als die eingeborene Pariserin beide Arme um ihn schlang, fiel ihm ein, dass es doch höchste Zeit sei, einen neuen Hemdenbinder auszuwählen. In seinem mitgeschleppten Fundus fand sich tatsächlich ein Motiv des Malers Henri de Toulouse-Lautrec, das dieser vor langer Zeit in eben diesem Etablissement geschaffen hatte. Nathalie küsste zuerst die Krawatte, ehe sie sich auf seine bereits erregt angeschwollenen Lippen stürzte.

Doch genau in diesem absolut unpassenden Augenblick näherte sich ihr Ober unter tausend Entschuldigungen und flüsterte der Polizstin i.F. (im Feierabend) aufgeregt ins rechte Ohr.

„Mademoiselle, die Geschäftsleitung des Moulin Rouge ist untröstlich, aber es ist etwas Furchtbares geschehen. Unsere Tänzerin Madeleine Chaleur ist in ihrer Umkleidekabine zusammengebrochen und gibt keine Lebenszeichen mehr von sich."

„Haben Sie schon den Rettungsdienst und die zuständige Kripo gerufen?" fragte Nathalie bestürzt und folgte mit Seppe betont unauffällig dem Angestellten hinter die Bühne. Eine Panik im Publikum wäre das Letzte gewesen, was man jetzt gebrauchen konnte.

Die elf Kolleginnen der Showtanz-Truppe drängten sich vor Madeleines Umkleide. Der Commissario stellte sich vor und fragte, ob irgendeinem der Tanzmamsells vor oder während der Show etwas Ungewöhnliches aufgefallen sei. Doch niemand konnte zur Aufklärung etwas beitragen. Da jede der Tänzerinnen eine eigene Kabine hatte, war auch in dieser Hinsicht nichts Verdächtiges zu ermitteln.

Seppe und Nathalie betraten den Raum und schlossen die Tür. Bevor die komplette Mannschaft der Kripo eintraf, wollten sie in Ruhe die Tänzerin nochmals alleine in Augenschein nehmen. Das Mädel war tot – daran bestand kein Zweifel. Als Caldofredo sich über das Gesicht beugte, stellte er einen strengen Geruch fest.

„Das duftet mir doch stark nach Zyankali", rief er Nathalie zu. „Die Hübsche ist also vermutlich vergiftet worden."

Auf dem Tisch fanden sie denn auch ein halb ausgetrunkenes Glas mit Rotwein – vermutlich die „Tatwaffe". Genaueres würde aber zweifellos erst die Obduktion ergeben.

Doch wer konnte ein Interesse daran haben, das Tanzgirl zu den Engeln zu schicken? Ein verlassener Liebhaber, eine eifersüchtige Ehefrau, eine missgünstige Tanzkollegin? Doch das mussten nun die zuständigen Kollegen ermitteln, denen man schließlich nicht ins Handwerk pfuschen wollte.

Immerhin bedankten sich diese ehrfurchtsvoll bei den beiden hochrangigen Beamten für deren „Ersthilfe" am Tatort.

Giuseppe und Nathalie verspürten keine große Lust mehr auf das weitere Cabaret-Programm; dann schon eher auf eine Fortsetzung in seinem Hotelzimmer. Und dort klärte die Kollegin den *Hans Dampf in allen Betten* auf, was eine echte Französin unter dem Begriff „französisch" versteht.

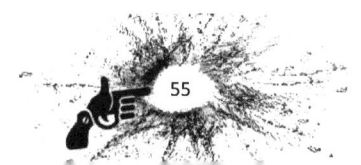

London, 221 b Baker Street

Die nächste Etappe seines INTERPOL-Lehrganges führte Seppe nach London, der Hauptstadt von The British Empire.

Standesgemäß hatte ihn die internationale Polizeibehörde in Absprache mit Scotland Yard in einem Top-Hotel nahe des House of Parliament mit unverstelltem Blick auf die Themse untergebracht.

Eine Suite mit zwei Schlafzimmern, drei Bädern und einem Wohngemach inklusive Cinemascope-TV und reich bestückter Hausbar.

Zwei livrierte Hotelboys schleppten seine beiden Koffer leistenbruchverdächtig in seinen Room, wo er die Wechsel-Krawatten sofort in der Mini-Bar auf Kühltemperatur brachte.

Unübersehbar lag auf dem Couchtisch aus massivem Herzkirschenholz ein Umschlag mit Wappen. Nach einem erfrischenden Schluck aus der Whiskykaraffe öffnete Caldofredo das Kuvert. Der Polizeichef des weltberühmten Yards, First Superintendent Andrew O´Sullivan, gab sich die Ehre, den hochgeschätzten Kollegen aus Pizzapiccola in seinen bescheidenen Räumlichkeiten zu empfangen. Die Kutsche würde um 15 Uhr zur Abholung vor seinem Domizil antraben.

Donnerwetter, die Kollegen wussten, was sich ziemt. Rasch band sich Seppe die eigens beschaffte Krawatte mit dem Big-Ben-Motiv um den Hals und

überprüfte auch nochmals die messerscharf gebü-
gelten Falten an seiner Glencheck-Hose.

Pünktlich wie zur Frühstückspause eines süddeut-
schen Maurers klapperten vor der Nobelherberge
die Hufe eines Hengst-Duos und ein Schupo mit Bä-
renfellmütze riss den Verschlag für den Beamten aus
Italia bis zum Anschlag auf.

Während das Fahrzeug von zwei bis unter die
Zähne und mit deutschen MGs der Marke Heckler
& Koch bewaffneten Bobbys gesichert wurde, lagen
auf der Rückbank die neueste Ausgabe des Playboy
und sowie eine reiche Auswahl britischer Zigaretten
bereit.

Vor dem Yard angekommen, empfing ihn ein salu-
tierender Kollege und begleitete ihn vorbei an einer
Formation von stramm angetretenen Kriminalisten.

First Superintendent O´Sullivan genoss noch die
Tee-Stunde in seinem Büro in Gesellschaft von zwei
Beamten, denen man auf Anhieb die Abstammung
von der Insel ansah. Strenger Scheitel, abstehende
Ohren.

„Commissario, seien Sie herzlich willkommen im
Yard. Ich darf Ihnen meine beiden engsten Mitarbei-
ter Ben MacDulligan und Charles Bimbam vorstellen.
Die Beiden leiten auch den hiesigen Fachlehrgang für
INTERPOL."

Schon bald entspann sich in lockerer Runde ein
informelles Gespräch, das ihn in die speziellen Pro-
bleme der englischen Hauptstadt einführte. Dem
obligatorischen Schwarztee folgten einige randvolle

Tassen mit Schottischem Whisky, worauf das Quartett beschloss, gemeinsam dem kriminellen Brennpunkt Soho einen Besuch abzustatten.

Zu Fuß spazierte man am Ufer der Themse entlang. Plötzlich sah der Commissario etwas im Wasser treiben, das selbst für einen Fremden mit Sicherheit untypisch für den Tierbestand dieses Flusses ist.

Vermutlich eine menschliche Gestalt sowie ein schwarzer Hut und ein ebensolcher Regenschirm. Seppe machte seine Begleiter auf diese Details aufmerksam, worauf diese sofort schrille Pfeifentöne von sich gaben, wie ein Schiedsrichter beim fälligen Elfmeter. Ben MacDulligan riss zudem seine Dienstwaffe aus dem Schulterhalfter und schrie ins Wasser: „Hände hoch und keine Bewegung!"

Kollege BimBam forderte inzwischen eine Hundertschaft von Bobbys sowie Taucher samt Schwimmhunden an.

Doch Seppe war längst samt Klamotten in das sommerwarme Wasser gehechtet und kraulte dem Unbeweglichen entgegen, der keinen olympiareifen Schwimmstil mehr erkennen ließ. Er zog ihn völlig ohne Kran-Unterstützung samt Hut, Handschuhen und Schirm ans Ufer, wo ihn bereits Hunderte von neugierigen Augenpaaren erwarteten und begeistert applaudierten.

Aber obwohl sich sofort eine halbe Kompanie Mediziner auf den bestens Gewaschenen stürzten und mit Rettungsmaßnahmen aller Art begannen, hauchte der korrekt Gekleidete kurz darauf mit einem letzten Atemzug sein Leben ohne Widerrede aus.

„Damned, das ist doch der Persönliche Referent von Herzogin Camilla", rief einer der Polizeibeamten. „Ich kenne ihn vom gemeinsamen sonntäglichen Cricketspielen. Sein Name ist Harry Leicester."

Wie er es aus den unzähligen Aufklärungsfällen von Sherlock Holmes gelernt hatte, zog der Commissario eine Lupe und eine Handlampe aus der Hosentasche und untersuchte den unfreiwillig Abgetauchten penibel auf Spuren aller Art.

„Er wurde offensichtlich erdrosselt", rief er den drei Yard-Kollegen zu. „Sein Kehlkopf ist auf das Dreifache eines Normalsterblichen angeschwollen." Der inzwischen ebenfalls eingetroffene Pathologe bestätigte seinen Verdacht in vollem Umfang. „Er war bereits tot, als er in die Themse entsorgt wurde. Es wird schwierig werden, den Mörder zu ermitteln, es sei denn, der erfahrene italienische Kriminalist findet noch ein Ass im Ärmel."

Doch auch Seppe war in diesem speziellen Fall mit seinem sizilianischen Latein am Ende. Dennoch ließen es sich sämtliche Anwesenden (Hundertschaft der Bobbys, Feuerwehr, Taucher, Mediziner) nicht nehmen, ihm eigenhändig anerkennend auf die Schulter zu klopfen.

Ben MacDullipen und Charles Bimbam luden ihn zum Dank zu einem persönlichen Besichtigungstermin in Sherlock Holmes Arbeitszimmer in der Baker Street ein. Und auch der Doc durfte teilnehmen, um in den Gerätschaften des Sherlock-Freundes und Medizin-Kollegen Mister Watson ausgiebig herumzuschnüffeln.

Doch damit immer noch nicht genug. Ein persönlicher Bote aus dem Königshaus überbrachte dem „hoch verehrten Commissario Giuseppe Caldofredo aus Pizzapiccola die Einladung zu Ihrer Königlichen Hoheit, Queen Elizabeth, zwecks Empfängnis des Ritterschlags."

Der Kripo-Chef von der sizilianischen Insel verließ London also als stolzer „Sir" Giuseppe Caldofredo. Außerdem wurde ihm als persönliches Geschenk des Scotland Yard-Chefs eine Seidenkrawatte mit dem Abbild von Jack The Ripper überreicht.

Koks – nicht nur zum Heizen

Amsterdam – die Stadt der Grachten, Kanäle, Museen, aber auch von Drogen und Prostitution.

Commissario Caldofredo war am Damrak im zentral gelegenen Hotel „De rode Leeuw" untergekommen. Am nächsten Tag wollte er eine Grachtenrundfahrt unternehmen und auch kurz bei Rembrandt sowie Van Gogh vorbeischauen. Außerdem stand das Haus von Anne Frank auf seinem Besichtigungsprogramm.

Da es bereits anfing zu dunkeln, wollte er für heute seine Erkundungen auf die nächste Umgebung beschränken. Und da bot sich vor allem Oudezijids Voorburgwal an, kaum 300 Meter zu Fuß von seiner Bleibe entfernt. In unmittelbarer Nähe die älteste Kirche Amsterdams, die Oude Kerk.

Er hatte schon viel über das berühmte Rotlichtviertel der Stadt gehört und so steuerte er es zielbewusst an.

Schon bald fielen ihm die vielen Fenster auf, hinter denen die roten Gardinen geschlossen waren oder aber im Rotlicht sich stark geschminkte Frauen zeigten, die auf (zahlungs-)willige Freier warteten.

In gemächlichem Tempo schritt der sizilianische Lehrgangsteilnehmer von INTERPOL die Hausfronten ab. Aus manchem Fenster lächelte ihm eine Schöne zu oder versuchte gar, ihn verführerisch ins Haus zu winken. Vermutlich lag dies auch an seinem wie stets perfekten Outfit; zusätzlich hatte er sich speziell für diesen Anlass eine Krawatte mit rammelnden Karnikkeln ausgesucht.

Vor ihm schritten zwei bestens gewachsene Ladies in Super-Minis und High-Heels, die sich anscheinend blendend amüsierten und auch gelegentlich grüßend zu den Rotlicht-Schaufensterpüppchen hinüberwinkten. Als sie sich umdrehten und Seppe entdeckten, blieben sie stehen und sprachen ihn in forschem Ton auf Holländisch an: „Polizeikontrolle! Bitte zeigen Sie Ihren Ausweis!"

Nun hatte der Kripo-Chef zwar Englisch- und Französischkenntnisse und auch der deutschen Sprache war er leidlich mächtig, aber dieses Mischmasch aus vielen Kulturen war für ihn doch noch gewöhnungsbedürftig.

Artig zog Seppe seinen Dienstausweis hervor und hielt ihn den beiden angeblichen Beamtinnen hin. Daraufhin änderte sich sofort deren Tonfall und entschuldigend meinte die eine: „Bitte verzeihen Sie, Herr Kollege, aber wir befinden uns in einem verdeckten Einsatz und Sie passten eigentlich genau zu dieser Klientel, auf das wir scharf sind. Dieser Eindruck wurde durch Ihre äußerst aussagefähige Krawatte noch verstärkt." Dabei schüttelten sich die beiden Frauen geradezu vor Lachen.

„Dürfen wir uns vorstellen, Herr Kollege? Ich bin Anna van de Scheenkles und das ist Kommissarin Eva of de Lipjes. Herzlich willkommen in Amsterdam!"

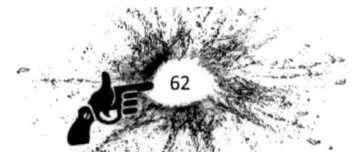

Sie hakten sich unkompliziert auf beiden Seiten bei ihm ein und die rothaarige Anna fragte: „Hätten Sie nicht Lust, sich uns anzuschließen? Dann lernen Sie Amsterdam gleich von der richtigen Seite kennen – besser als bei langweiligen Referaten im Hörsaal.

Doch zur Sache: Unsere Behörde ist einem neuen Drogenhändlerring auf die Spur gekommen und wir versuchen an vielerlei Stellen über uns bekannte Dealer Fallen zu stellen. Dabei wären Sie uns wirklich eine große Hilfe, denn Ihr Gesicht kennt hier noch niemand. Commissario, Ihr vorzüglicher Ruf muss Ihnen allerdings vorausgeeilt sein – zumindest in unseren Kreisen. Und der scheint sich nicht ausschließlich auf Dienstliches zu beschränken", schloss die Beamten mit einem genießerischen Zwinkern ihrer tiefgrünen Pupillen.

„Damit Sie unser Problem auch sozusagen hautnah kennenlernen, möchten wir Sie am besten in einen unserer Coffee-Shops einladen", ergänzte ihre dunkelhaarige Kollegin Eva.

Giuseppe Caldofredo stimmte begeistert zu. Auf diese Weise konnte er einen praxisnahen Eindruck vermittelt bekommen und wer weiß, vielleicht gerieten die Damen sogar in eine Situation, in der sie seine tatkräftige Hilfe zu schätzen wussten.

Zielbewusst steuerten die beiden Hübschen mit ihm in eine schummrige Seitengasse. Vor einem nicht gerade sehr einladenden „Café" sagte Anna: „Wir fangen mal hier an. Und wir geben uns am besten als typische Touristen aus, die gerne in jeder Hinsicht etwas erleben möchten."

In der hintersten Ecke des Gastraumes nahmen sie Platz, so dass sie vor allem auch den Eingang und den Thekenbereich im Blick hatten. Eva bestellte für sie einen Coffee „mit" und einen Teller Kekse.

Dem Commissario fiel der etwas andere – aber nicht unangenehme – Geschmack des Kaffees auf und er bediente sich wie die beiden Kolleginnen auch reichlich bei den Keksen.

Schon bald war das Einsatz-Trio in bester Stimmung und der Kripo-Chef bot den Damen das DU an, was natürlich nicht ohne ausgiebige Küsschen abging. „Sagt einfach Seppe zu mir, wie mich meine besten Freunde nennen!"

Die Tür öffnete sich und zwei Halbwüchsige gaben an der Theke eine Bestellung auf, wobei sie auf ein Bonbonglas mit grünem Inhalt zeigten. Der Inhaber füllte davon mit einer kleinen Schaufel in eine Papiertüte und wog den Inhalt ab.

„Gras", sagte Anna. „Das mildeste Mittelchen, das sich auf unserem Markt tummelt. So lange die Jungs nicht auf chemische Drogen oder andere harte Sachen umsteigen, ist das hier legal. Uns machen vor allem in letzter Zeit aber die Unmengen an Kokain - besser bekannt als „Koks"-, Sorgen, mit denen die niederländische Szene überschwemmt wird. Per Bananenfrachter oder Ähnlichem vor allem aus Kolumbien, angelandet in Rotterdam. Verborgen in den raffiniertesten Verstecken, so dass selbst unsere bestens geschulten Zollfahnder samt ihren vierpfotigen Spürnasen oftmals hilflos zuschauen müssen, wie sich die örtlichen Drogenbosse schadenfroh bedienen können. Nur über den umgekehrten Weg, also über die Kleindealer zu den Großdealern und von dort zu den Verteilern haben wir eine Chance, an die Mächtigen im Hintergrund heranzukommen."

„So, wie wir in meiner Heimat ein Riesenproblem mit der Mafia haben. Niemand kennt die Drahtzieher und wer nicht spurt oder gar zum Verräter wird, der kann sich gleich sein eigenes Grab schaufeln", stimmte Caldofredo zu.

„Dann wollen wir uns noch ein bisschen draußen umschauen", meinte Anna und ließ sich auch eine kleine Tüte mit dem grünen Wundermittel füllen.

Inzwischen herrschte auf den Wegen entlang der Wal reger Verkehr, sowohl außen als auch hinter den roten Fenstern. An jeder Ecke wurden sie als offensichtlicher Touristenverschnitt flüsternd angesprochen und „Waren aller Art" angeboten. Eva kaufte bei einer zwielichtigen Gestalt zum Schein zwei Gramm Heroin, um den Typen anschließend auf der Stelle zu verhaften. Doch dieser setzte sich heftig zur Wehr und schrie lauthals um Hilfe. Erst als Seppe eingriff und gleichzeitig Handschellen und seine riesige Beretta aus den Hosentaschen zog, gab der Kleindealer klein bei.

„Du kommst jetzt schön mit aufs Revier", herrschte ihn Eva an, „und erzählst uns ein bisschen von deinen Lieferanten und wer als Kurier fungiert."

Doch ab diesem Zeitpunkt kam kein Wort mehr über die Lippen des Drogenverkäufers und auch die

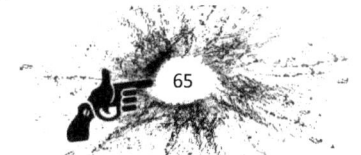

Vernehmungsspezialisten bissen sich an ihm sämtliche Weisheitszähne aus.

Erst als sich Giuseppe Caldofredo als Commisario aus Sizilien einschaltete und genau schilderte, wie bei seinen Verhören die Festgenommenen gar nicht mehr aufhörten zu plaudern, wurde der Dealer hellhörig und bot mit weinerlicher Stimme eine Aussage an.

„Okay, wenn ihr mich laufen lasst, nenne ich euch einen Namen", schluchzte er. „Und ihr könnt ja auch meinen Kumpel Daan ausquetschen, den beliefert nämlich ein anderer Händler."

Die beiden Beamtinnen überließen das Verhör ihren Spezialisten und stürzten sich mit Seppe wieder voll Elan in das Amsterdamer Nachtleben.

Allmählich begann bei dem Trio auch die „Beimischung" zu den Getränken und den Keksen zu wirken und ihre Stimmung wurde immer ausgelassener.

„Verdammt, ich glaube, ich finde den Heimweg zu meinem ´Roten Löwen´ nicht mehr", rülpste Seppe.

„Also gut, dann begleite ich dich eben", bot sich Anna an und sie verabschiedeten sich von einer breit grinsenden Eva.

„Ich glaube, ich kann mich ohne deine freundliche Unterstützung noch nicht mal ausziehen", stöhnte Seppe in der Hotel-Lobby. „Diese verdammten Kekse sind mir regelrecht ins Gehirn gefahren."

„Solange sie sonst nirgendwo hingefahren sind, ist es ja nicht so schlimm", beruhigte ihn die Kollegin vom Drogendezernat. „Aber das werden wir ja gleich

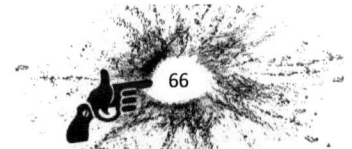

auf deinem Zimmer feststellen. Außerdem muss ich mich ja – auch im Namen von Eva – noch für deine tatkräftige Unterstützung bedanken. Wir sind einen schönen Schritt weitergekommen."

Wie sie dies meinte, bewies sie ihm schon unterwegs im Lift.

„Aber lass mich wenigstens noch vorher meine Krawatte wechseln", stammelte Seppe zwischen ihren vorbereitenden Maßnahmen.

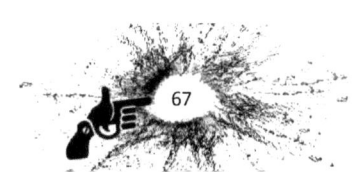

Der sprachlose Muezzin

Marrakesch, schillernde Königstadt Marokkos. Mit unzähligen faszinierenden Sehenswürdigkeiten. Das sollte auch Commissario Giuseppe Caldofredo anlässlich seines Lehrganges bei INTERPOL quer durch zahlreiche Nationen feststellen.

Er war an einem Donnerstag im September per Air France standesgemäß in der Business Class aus Paris dort eingetroffen, um sich mit den einheimischen Polizeibehörden betreffend seiner Fortbildung vor Ort abzustimmen.

Planlos ließ er sich durch die engen Gässchen der Souks mit ihren all umfassenden Angeboten zur Medina treiben: Flair aus 1001 Nacht.

Wasserverkäufer an jeder Ecke, doch Seppe verzichtete großzügig auf das vermutlich nicht gerade europäischen Hygienestandards genügende Getränk, verabreicht aus getrockneten Ziegenmägen und besänftigte die Anbieter mit einem großzügigen Trinkgeld. Was allerdings zur Folge hatte, dass sich die Zahl der Händler rasant erhöhte.

Inmitten der Medina bemühte sich ein Einheimischer in armseligen Klamotten, eine genauso alters- wie bodymäßig gereifte Blondine an den Mann zu bringen. Die Frau, die vermutlich aus einem osteuropäischen Senioren-Bordell entflohen war, bemühte sich aufwändig geschminkt, ihre angeblich körperlichen Vorzüge ins rechte Licht zu rücken.

Endlich erbarmte sich der minderjährige Sohn eines Scheichs der Offerte und erwarb sie als Gegenleistung von drei ebenso betagten Ziegen und fünf schlachtreifen Schafen.

Geradezu schlagartig setzte die Dunkelheit ein und Caldofredo drängte es zum berühmtesten Platz von Marrakesch: dem Djemaa el-Fnaa, dem „Platz der Gehängten". Schwierig, aus dem Gassengewirr herauszufinden, zumal dort üblicherweise keine Straßenschilder vorhanden sind. Schließlich lockten ihn jedoch Grillwolken inklusive exotischen Düften, laute Musik und das Geschrei zahlloser Händler problemlos in die gewünschte Richtung.

Seppe sog diese einmaligen Eindrücke in sich auf wie einen Liter seines Lieblingsweins aus dem Barrique-Fässchen bei Umberto in seiner gemütlichen Cantina di Vino.

Märchenerzähler im Stile von deutschen Ex-Verkehrsministern oder Ex-Gesundheitsministern, Feuerschlucker, Musiker und Akrobaten. Dazwischen rücksichtslose Rollerfahrer und Eselskarren, alles bereichert durch Düfte und Gestank aller Art.

Am meisten faszinierten ihn jedoch die Schlangenbeschwörer, die vermutlich verrentete Kobras aus dem Wüsten-Tierheim für ein Almosen engagiert hatten. Immerhin waren sie nicht schwerhörig, denn sie streckten sich zu den eintönigen Flötenmisstönen ihrer Besitzer und wackelten dabei mit dem eigentlich gar nicht vorhandenen Hinterteil.

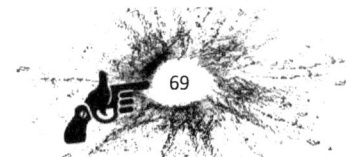

Ein britischer Tourist versuchte, einem der lieben Tierchen den Rest seines ungenießbaren Mahls zu opfern, worauf ihn dieses zum Dank mit dem verbliebenen Giftzahn-Stummel in den Finger zwickte. Der überzeugte Boris Johnson-Wähler schrie sofort nach einem Arzt, der ihm eine Verhütungsspritze setzen sollte; außerdem begann er schüttelfrostartig, unverzüglich sein Testament in ein EU-Handy zu tacken.

Seppe drängte sich durch die Zahl der Schaulustigen und versetzte den verhinderten Dompteur mittels gezieltem rechten Haken genau auf den Punkt in eine ebenso kurzfristige wie kostenlose Narkose. Riesiger Applaus der Umstehenden belohnte ihn für die mutige Erste-Hilfe-Aktion, mit der er seinen ersten Tag in dieser zauberhaften Stadt Nordafrikas abschloss.

Nach einem üppigen Frühstück in seinem familiären Riad wollte er sofort zur berühmten Moschee Koutoubia aufbrechen, um die Gläubigen beim Freitagsgebet zu belauschen.

Schon von weitem grüßte ihn das 77 Meter hohe Minarett, von dem man laut Reiseführer eine herrliche Aussicht auf die Medina haben sollte.

Er war noch einige hundert Meter von seinem Ziel entfernt, als er ein heiseres Krächzen vernahm, das irgendwo aus luftiger Höhe zu kommen schien und seine Pavarotti-verwöhnten Lauscher empfindlich kränkte.

Wie auf ein Kommando auf dem Drillplatz warfen sich rings um ihn sämtliche vollbärtigen Männer wie vom Blitz gefällt zu Boden. Da der Commissario einen Terroranschlag vermutete, tat er es ihnen gleich. Als jedoch das fast stimmlose Gemurmel nicht nachließ und die zu Boden Gegangenen kurz darauf einen unverständlichen Singsang anstimmten, wurde er sich bewusst, dass es sich wohl um das zweite Tagesgebet handelt musste, zu dem der Muezzin (Gehaltsstufe 3 Öffentlicher Moschee-Dienst Marokko) aufforderte.

Man muss wissen, dass es sich bei dem Muezzin um einen so genannten Ausrufer handelt, der fünf Mal am Tag für die gläubigen Moslems tätig wird. In etwa vergleichbar mit dem Läuten der Kirchenglokken durch den Mesner in der christlichen Kirche.

Seppe nahm sich jedenfalls vor, dem Vorbeter nachher ein paar Halspastillen „Fisherman´s Friend forte" zu opfern als probates Heilmittel für seinen offensichtlichen Stimmbruch.

Zu seinem grenzenlosen Erstaunen wurde das per Mikrofon übermittelte Stimmengewirr jedoch plötzlich von Lauten abgelöst, die ihm bestens bekannt waren. Aus dem Lautsprecher hoch oben auf dem Minarett erklang eindeutig der Südtirol-Song „Schatten über´m Rosenhof" – ein Erfolgs-Hit von Norbert Rier und seinen Kastelruther Spatzen.

Also doch ein Terror-Akt, aber verübt auf das islamische Religionsempfinden.

Der Kripo-Chef aus dem fernen Sizilien wechselte blitzschnell seine Krawatte und setzte zu einem Sprint an, der jedem Olympiateilnehmer zu Ehren gereicht hätte.

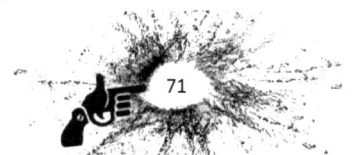

71

Die 187,4 ausgetretenen Stufen zur musikalisch geschändeten Turmspitze der Moschee schaffte er so in Rekordzeit. Und dort fand er tatsächlich auf Anhieb in einer total verstaubten und versandeten Ecke den in seinem Blut schwimmenden Körper des zu einem DJ herabgestuften Minarett-Angestellten. Neben dem CD-Player lag eine Hülle mit den Top-Titeln der Südtiroler Band.

Seppe entsicherte seine 27-schüssige Beretta, um etwaige anwesende Täter damit nachhaltig zu perforieren.

Aber der überzeugte Kastelruth-Fan musste wohl Flügel bekommen haben. Nirgends war auch nur ein Hemdenknopf oder abgebrochener Fingernagel aufzufinden, geschweige denn eine Tatwaffe.

Schweren Herzens legte der zu INTERPOL abgeordnete Kriminalist aus Pizzapiccola bei dem Verletzten mittels Krawatte einen Notverband an und ersetzte diese unverzüglich durch ein Reserveexemplar mit Kobra-Motiv.

Bevor er sich den blutüberströmt dahinröchelnden Muezzin auf die Schulter warf, suchte er auf einer ebenfalls vorhandenen Musik-CD noch rasch einen eingängigen Titel quasi als Pausenfüller zur Wiedergabe über die Musikanlage aus. Er entschied sich für Helene Fischers „Atemlos".

Genauso fühlte er sich auch, als er nach dem beschwerlichen Abstieg aus dem Turm des Grauens unten ankam. Zumindest für den nächsten Gebetstermin würden die Gläubigen auf einen Ersatz-Ausrufer warten müssen.

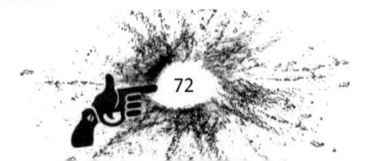

Auch wenn weder Täter noch Motiv für diesen schändlichen, unerklärlichen Angriff auf den Muezzin Achmed ben Sukari aufzufinden waren, bedankten sich bei dem Commiassario sowohl der unverzüglich per Reitesel herbeigeeilte Polizeipräsident, der zusammen mit sämtlichen 103 Beamten aus der Vormittagschicht in Gardeuniform ein Spalier bildete, als auch der zuständige Ober-Imam für den mutigen und selbstlosen Einsatz und überreichten ihm unter tausend Verbeugungen einen Gutschein für zehn Kamelausritte inmitten einer Kakteenplantage.

Picasso der Jüngere

Fernando Vidal war zwar in Mathe eine glatte Null, aber im Fach Kunsterziehung dafür vergleichsweise ein begnadeter Ronaldo. Sein Zeichenlehrer tolerierte es daher auch, dass er – während seine Klassenkameraden klobige Häuser oder welkende Blumen malten – grüne Pferde mit fünf Beinen oder zwei Köpfen aufs Papier zauberte. Bald gehörte ihm sogar der Neid seiner Kumpels, als diese erfuhren, dass sich bei Fernando die hübschesten Mädels als Aktmodell zur Verfügung stellten.

„Fernando, du hast das Zeug, Kunst zu studieren. Es wäre echt schade, wenn dein Talent vor die Hunde ginge", meinte daher sein Fachlehrer.

Doch sein Vater hatte Größeres mit ihm vor. Und so presste er bei einem der bekanntesten spanischen Olivenölhersteller dessen wertvolle Früchte bis zum letzten Tropfen aus. Tag für Tag. Zehn Liter „Extra Vergine" höchster Qualität in Handarbeit. Siebzig Liter pro Woche und zweihundertachtzig Liter im Monat.

Aber am Feierabend verdrängte er diese Ölerei und griff stattdessen zu Pinsel, Tusche und Farben aller Art. In der Bücherei lieh er sich alle vorrätigen Kunstbildbände aus und vertiefte sich in die meisterlichen Werke der Impressionisten und Expressionisten.

Im wohlverdienten Olivenöl-Urlaub besuchte er erstmalig seinen Onkel Alejandro del Castro, der in Malaga eine florierende Kunsthandlung betrieb. Der

Stadt, in der Picasso geboren war und wo er auch die ersten Jahre seines Lebens verbrachte.

Verblüfft stellte Del Castro fest, über welche theoretischen Fachkenntnisse sein Neffe in diesem jugendlichen Alter verfügte. Er gab ihm daher den Tipp, doch aus Spaß mal ein Motiv von Van Gogh aus seiner Galerie abzumalen.

„Weißt du, Fernando, alle später berühmten Künstler haben von anderen abgekupfert, um zu lernen und später ihren eigenen Stil zu finden."

Damit hatte er bei Fernando tatsächlich eine künstlerische Explosion ausgelöst. Dieser verschanzte sich fortan stundenlang hinter seiner Staffelei und produzierte Kopien großer Meister der Moderne, die selbst kunsterfahrene Kunden seines Onkels in Erstaunen versetzten.

Doch dieser war nicht nur kunstsachverständig, sondern in erster Linie auch recht geschäftstüchtig und so konnte es nicht ausbleiben, dass er Fernando gegen Urlaubsende folgendes Angebot unterbreitete: „Ich schlage vor, dass du ab sofort deine blöde Olivenquetscherei sein lässt und bei mir mit einsteigst. Kost und Logis frei und von jedem verkauften Bild bekommst du anteilig zehn Prozent."

Fernando Vidal konnte sein Glück kaum fassen. Er zog nach Malaga und Onkel Alejandro stellte ihm einen kleinen hellen Nebenraum hinter der Kunstgalerie als Atelier inklusive sämtlicher Malutensilien zur Verfügung.

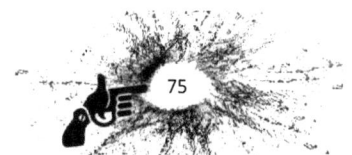

Die Begeisterung für seine malenden Vorbilder übertrug sich mit jedem Pinselstrich auf Leinwand oder Papier. Da er auch ein Händchen dafür hatte, die Ölgemälde, Aquarelle oder Tuschzeichnungen auf alt zu trimmen, sprach es sich bald in einschlägigen Kreisen herum, dass man bei Alejandro del Castro längst verschollen geglaubte oder bisher unbekannte Werke großer Meister relativ preisgünstig erwerben könnte. Sogar anerkannte Kunstexperten fielen auf seine erstaunlichen Tricks herein.

Nebenbei übte Fernando sich auch fleißig darin, die Originalsignaturen der Maler zu kopieren. Und so rieb sich Onkel Alejandro die gierigen Hände wund und bei dem Jungspund sammelten sich Bild um Bild hübsche Sümmchen auf dem Bankkonto an.

Erfolg mittels Betrug spornt an und so stieg Fernando quasi aus der Künstler-Kreisliga in die Champions League auf, indem er sich ausschließlich auf berühmte Namen aus der Kunstszene wie Nolde, Cezanne, Toulouse-Lautrec und Picasso spezialisierte.

Ursprünglich unbedeutende Ladenhüter, die der Kunsthändler aus Haushaltsauflösungen vom Dachboden seniler Staatssekretärs-Witwen für ein Butterbrot erworben hatte, wechselten nun „originalsigniert" zu Messi-Honoraren die Besitzer.

Inzwischen war auch Commissario Giuseppe Caldofredo im Rahmen seiner internationalen Fortbildung bei INTERPOL in Malaga eingetroffen und hatte sich beim dortigen Polizeipräsidenten vorgestellt. Selbst bis in diese Großstadt im Süden Spaniens waren seine grandiosen Ermittlungserfolge vorgedrungen.

„Commissario, wir sind glücklich, eine solche Persönlichkeit bei uns begrüßen zu dürfen", schmeichelte ihm der Polizeichef der Stadt. „Und Sie kommen gerade zur rechten Zeit, denn wir sind einem Kunstfälscherring höchsten Ausmaßes auf der Spur. Es wäre für uns eine große Hilfe, wenn Sie uns in dieser Sache unterstützen könnten. Es hat sich übrigens bis zu uns herumgesprochen, dass Sie gerne mit weiblichen Kollegen zusammenarbeiten und so würde ich Ihnen eine meiner fähigsten Mitarbeiterinnen, Carmen Gonzalez, zur Seite stellen. Es bietet sich sowieso an, dass Sie in diesem Fall als Paar auftreten."

Er informierte Giuseppe Caldofredo über die bisher vorliegenden Ermittlungsergebnisse. In diesem Moment ging nicht nur die Bürotür auf, sondern auch die strahlende Sonne über Malaga, denn es betrat ein weibliches Wesen den ansonsten nüchternen Raum, das sogar den in vielen Schlachten bewährten Commissario kurzfristig in Atemnot versetzte. Denn dieses Weib hieß nicht nur Carmen – sie verkörperte sie auch im wahrsten Sinne des Wortes!

Verdammt, wenn er dies geahnt hätte, wäre vorher unbedingt noch ein Krawattenwechsel angesagt gewesen. So stürmte er wenigstens auf die Kollegin in spe zu und küsste ihr sämtliche verfügbaren Hände.

„Ich fühle mich glücklich, Ihnen meine Erfahrung auf sämtlichen Gebieten zur Verfügung stellen zu

dürfen", beeilte er sich zu sagen. „Vielleicht sollten wir gleich beim gemeinsamen Abendessen unsere Strategie besprechen", wandte er sich an seine rassige Mitarbeiterin. „Erlauben Sie jedoch, dass ich mich vorher noch im Hotel dem Anlass entsprechend umkleide."

Carmen holte ihn eine Stunde später ab und lotste ihn in ein Restaurant erster Güte, wie der Kripo-Chef bald begeistert feststellen konnte.

Doch da es noch früh am Abend war, zählte danach auch noch der Besuch eines typischen Tanzlokals zum Pflichtprogramm. Bei einer Flasche bestem Rioja wurden beide durch die Flamenco-Vorführungen dermaßen stimuliert, dass sie sich mutig ebenfalls auf die Tanzfläche wagten. Seppe hatte sich vorher an der Garderobe Stepp-Schuhe besorgt und die beiden Polizisten liefen dermaßen zur Hochform auf, dass sämtliche Mittänzer einen Kreis um sie bildeten und Beifall spendeten.

Wie selbstverständlich begleitete Carmen den berühmten Polizeichef ins Hotel „wir wollten schließlich noch unsere Strategie für den nächsten Tag absprechen". Und genauso selbstverständlich waren sie bereits nach wenigen Minuten beim vertrauten „Du" angelangt. Was noch weiter in dieser Nacht geschah, fällt natürlich unter das Siegel strikter Geheimhaltung.

Die Kunsthandlung von Alejandro del Castro war leicht zu finden und so stellten sich Seppe und Carmen am nächsten Morgen dem Inhaber als Kaufin-

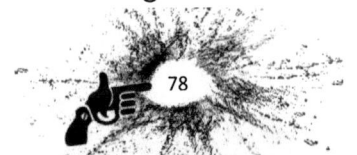

teressenten für einen bezahlbaren echten Picasso vor. Sie hatten sich übrigens vorher im Picasso-Museum an der Plaza de la Merced gleich um die Ecke über die Werke des berühmten Malers etwas kundig gemacht.

„Hier könnte ich Ihnen einen ganz besonderen Knüller empfehlen", flüsterte der geschäftstüchtige und gewinnstrebende Galeriebesitzer hinter vorgehaltener Hand. „Ein lange verschollenes Werk des genialen Künstlers mit dem Titel Miranda mit weißer Nelke auf rotem Sofa. Handsigniertes Originalgemälde aus dem Jahre 1922. Ich würde Ihnen als Kunstliebhaber natürlich auch einen besonders guten Preis nennen, über den Sie allerdings striktes Stillschweigen bewahren müssten. Für den Spottpreis von 82.300 Euro würde ich Ihnen mit Tränen in den Augen das Kunstwerk überlassen. Ein einmaliges Angebot, das Sie bestimmt zu würdigen wissen."

Seppe betrachtete Picassos frühes Werk höchst kunstsachverständig und interessiert. Auf Anhieb konnte er jedoch weder Auffälliges an der Nackedei noch an der Nelke noch am Sofa feststellen. Man kennt ja den unverwechselbaren Malstil des Meisters, wie ihm irgendwann die korrekten Proportionen total entglitten. Dreieckiges Gesicht, linkes Ohr am rechten Busen, rechtes Bein in direktem Kontakt mit dem linken Auge usw.

Auf den tatsächlichen Fauxpas brachte ihn jedoch ausgerechnet seine Kollegin Carmen.

„Schau doch mal, Giuseppe. Echt lustig. Die Dame verfügt doch tatsächlich über drei Brüste."

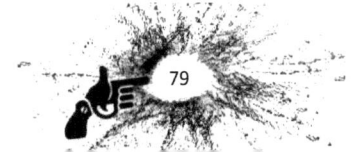

Nun kann man Picasso in künstlerischer Umsetzung der menschlichen Anatomie ja allerhand unterstellen. Dass er – wie gesagt – Körperteile dort wild aneinander reihte, wo sie nun weiß Gott nichts zu suchen hatten. Aber verzählt hat er sich angeblich nie.

„Drei Brüste – ausgeschlossen bei diesem Genie!" belehrte Seppe deshalb seine Kollegin und Übernacht-Ehegattin.

„Aber schau doch genau hin, Seppe. Eine Brust unter der linken Achselhöhle, eine an der Hüfte und zum drittem noch eine hier an der rechten Kniescheibe. Echt geil."

„Ola, Carmen! Du bist ja ein Kunst-Ass!" lobte sie ihr Kunst-Polizist auf Abruf und bat den Discounter aller Kunst-Schnäppchen herbei.

„Meister, bitte schauen Sie einmal genau hin", sagte Seppe in strengem Ton zu Del Castro. „Ihre Miranda hat auf dem Gemälde drei Brüste. Ich möchte jedoch aber auf jeden Fall nur für zwei bezahlen. Und außerdem: Auch wenn dies Ihrer Behauptung zufolge ein handsigniertes Original sein soll – dieser Picasso ist hundertprozentig eine Fälschung! Wer hat Ihnen denn diesen Schund aufgeschwätzt? Ach, übrigens, dürfen wir uns vorstellen: Kriminalkommissarin Carmen Gonzalez und Commissario Giuseppe Caldofredo, derzeit abgeordnet zu INTERPOL Malaga."

Nebenbei war es höchste Zeit, aus seiner Handtasche die Krawatte zu wechseln.

„Fernando, komm sofort mal her", zitierte der Herr über kostspielige Leinwände und Rahmen seinen Neffen herbei. „Dein Vater hatte Recht. In Mathe bist du `ne Null. Du kannst ja noch nicht mal auf zwei zählen."

„Aber großes Talent haben Sie, junger Mann. Meine Hochachtung! Und wenn Ihnen dann im Knast noch jemand ein wenig Nachhilfe im Rechnen gibt, kann aus Ihnen später zumindest noch ein ganz brauchbarer Banker werden", ergänzte Seppe. „Vielleicht können wir beide aber auch ein gutes Wort für Sie einlegen und Sie kommen mit einer Bewährungsstrafe davon. Und Malaga hätte nach langer Zeit wieder einen begnadeten Künstler in der Stadt. Ich könnte Sie mir jedenfalls als „Picasso der Jüngere" gut vorstellen."

Kunstschummler Alejandro del Castro fiel Seppe und (besonders intensiv) Carmen um den Hals und flüsterte ihnen ergriffen zu: „Fernando wäre bestimmt bereit, aus großer Dankbarkeit bei Miranda auch noch einen vierten Busen aufzumalen und Ihnen dieses Kunstwerk als motivierendes Geschenk für Ihr Schlafzimmer zu überlassen."

Wiener Blut

Wer sehnt sich nicht nach dieser Welthauptstadt der Musik „an der schönen blauen Donau". Dem Schloss Schönbrunn, Hundertwasserhaus, der Spanischen Hofreitschule, dem Stephansdom und dem Prater. Und natürlich diesem Wiener Schmäh, der Sacher Torte, dem Apfelstrudel, Heurigen und eventuell der Chance, mit „Herr Hofrat" angesprochen zu werden.

Ja, dieses „Ösi-Land" strahlt schon Besonderes aus und so war auch Commissario Caldofredo hell begeistert, als ihn seine INTERPOL-Versetzung in dieses Nachbarland Italiens führte.

Gleich am ersten Tag nutzte er sämtliche mannigfaltigen Verkehrsvarianten, um quer durch die Metropole zu kreuzen. Beim Figlmüller verzehrte er mit bestem Appetit ein Original Wiener Schnitzel und spülte es mit reichlich Gespritztem hinunter. Am Abend wollte er die sprichwörtliche Wiener Gemütlichkeit in einem typischen Weinlokal inklusive Schrammel-Musik genießen.

Als er gegen 20 Uhr beim Moser Hansl eintraf, schallte ihm bereits beste Stimmung in Form von Original Wiener Liedern entgegen. Er konnte gerade noch einen Platz an einem Tisch mit einem Männer-Kegelclub aus der Wachau erobern und war sofort problemlos integriert. Die Kegel-Umwerfer hatten zu diesem Anlass auch ausnahmsweise ihre weiblichen Anhängsel mitgebracht.

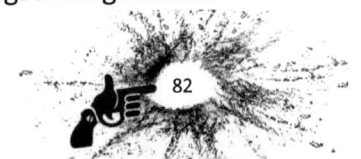

Da sich Seppe bekanntermaßen im heimatlichen Pizzapiccola nicht gerade als Abstinenzler bester Rotweine zeigt, hatte er keine Schwierigkeiten, auch an diesem Ort mit größeren Alkoholmengen mitzuhalten.

Gegen 22 Uhr hatten die am Tisch Versammelten ihren gewünschten Promillepegel erreicht und so beschlossen sie einstimmig, noch einen Ausflug zum Prater zu unternehmen.

Der Kripo-Chef aus Sizilien schloss sich ihnen an, verabschiedete sich aber bereits am Eingang, weil er den Vergnügungspark doch lieber auf eigene Faust erkunden wollte.

Das riesige Gelände mit Unterhaltungs- und Verpflegungsmöglichkeiten aller Art beeindruckte ihn sehr. Zuerst drehte er ein paar Runden mit den Box-Autos, was allerdings seinen bunt gemischten Mageninhalt kräftig durcheinanderwirbelte. Deshalb wollte er diesen nicht auch noch bei anderen kreuz und quer, auf und ab wirbelnden Fahrgeschäften provozieren.

Dafür räumte er lieber mit zielsicherem Auge eine Schießbude fast leer, was den Schausteller zu bitteren Tränen veranlasste und an der Los-Bude gewann er auf Anhieb einen riesigen Stoffteddy.

Natürlich zog es ihn auch zum Wahrzeichen des Praters, dem Riesenrad. Mit der nächtlichen Beleuchtung der einzelnen Waggons war es besonders stimmungsvoll anzuschauen. Auch hier erklang von der Spitze des Fahrgeschäftes in luftiger Höhe unüberhörbar angeheitertes Gegröle.

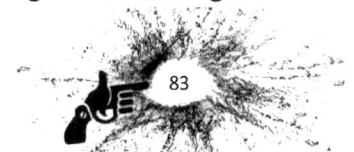

Seppe schaute gerade bewundernd nah oben, als plötzlich in unmittelbarer Nähe auf dem Boden etwas mit einem lauten Krach aufschlug. Erschrocken wandte er sich um und sah in zwei Metern Entfernung etwas Undefinierbares liegen, das sich schwach bewegte. Als er sich diesem näherte, entpuppte es sich als menschliche Gestalt, die inmitten einer sich rasant vergrößernden Blutlache schwamm.

Er kniete sich nieder und drehte die Person auf den Rücken. Auf Anhieb identifizierte er eine der Tischgenossinnen aus dem Heurigen an ihrem Super-Mini. Doch das Sisserl, wie sie die junge Frau genannt hatten, konnte ihn nicht mehr erkennen. Denn das sah sein leichengeschultes Auge selbst ohne Lesebrille auf den ersten Blick: Sisserl würde nie wieder einen Wiener Heurigen aufsuchen.

Sofort hatte sich eine Menschentraube um Seppe geschart, die wild auf ihn einschrie. Seppe schwenkte seinen Dienstausweis und schrie zurück: „Polizia International! Ruft die Kollegen und die Rettung! Aber schnell!"

Da auf dem Pratergelände auch stets Beamte und Securitys patrouillieren müssen, war rasch Unterstützung zur Stelle, um den Unfallort abzuriegeln. Der Commissario wies sich auch ihnen gegenüber aus. Ein Rettungswagen preschte bereits mit Signalhorn heran.

Ein Mann in Zivil trat auf Seppe zu und verbeugte sich so tief, dass man die Bandscheiben rhythmisch knacken hörte. Im letzten Moment konnte er sich gerade noch bremsen, sonst hätte er dem Mann aus Pizzapiccola auch noch die Hand geküsst.

„Gestatten, Herr Krmininalrat, ich bin der Landeshauptmann Sebastian Aufgschöttel. Ihr Ruhm ist natürlich auch längst bis zu uns vorgedrungen und so würde ich mich äußerst glücklich schätzen, wenn Sie uns mit Ihrer im wahrsten Sinne des Wortes grenzenlosen Erfahrung unterstützen und die Leitung der Ermittlungen übernehmen könnten. Alle Kollegen stehen ausschließlich zu Ihrer willfährigen Verfügung, Herr Kriminalrat." Worauf er genauso wie alle 37 anwesenden Polizeibeamten stramme Haltung annahm.

Inzwischen hatte auch das Riesenrad seine Passagiere entladen und die Kegelclub-Kameraden standen erschüttert bei der Toten. Seppe gesellte sich zu ihnen, während er sich schnell eine tiefschwarze Krawatte umband.

„Unser tiefstes Mitgefühl, Maximilian", wandten sie sich an einen der Kegelbrüder. „Die Sisserl war ja so eine Liebe!"

„Sag mal, Maximilian, warum hast du eigentlich da oben in dem Riesenrad-Waggon ein Fenster zertrümmert? War es dir etwa zu warm?"

„Von wegen liebes Sisserl", raunzte der Angesprochene. „Ein Saumensch, ein liederliches war sie, das sich mit jedem in die Falle schmiss, der sie nur geil anlächelte. Immer wenn Kegelabend war, tobte sie sich zuhause mit irgendwelchen Typen aus. Ein Nachbar verriet es mir. Als vor ein paar Wochen die Kegelbahn wegen Reparaturarbeiten geschlossen war, kam ich unverhofft früher zurück. Schon als ich die Haustür öffnete, hörte ich laute Schreie. Aber es waren beileibe keine Angst- oder Hilferufe, sondern Laute der anderen Art, ihr wisst schon. Im Schlafzimmer wälzte sie sich völlig enthemmt mit einem Unbekannten auf dem Ehebett. Das brachte meine schon lange angestaute Wut zum Überkochen. Ich schlich mich wieder aus dem Haus und schwor mir, endlich Rache zu nehmen. Und heute bot sich eine geeignete Gelegenheit, dieses scheinheilige Luder aus 65 Metern Höhe endlich nachhaltig zu beseitigen."

Maximilians Kegelfreunde samt Anhang umringten fassungslos den Geständigen. Niemand hatte etwas von diesem Fenstersturz mitbekommen, vermutlich, weil sie alle in diesem Moment in die andere Richtung geschaut hatten.

„Mensch, du hättest dich doch auch einfach scheiden lassen können. Aber das Sisserl einfach so mir nichts dir nichts umbringen, das geht doch nicht!"

„Die hätte es doch mit dem nächsten Dummen genauso getrieben, und das wollte ich niemand zumuten", erklärte der Geständige.

Seppe aber ließ die stets am Gürtel präsenten Handschellen um die mächtigen Kegelunterarme des Wachauers klicken. „Als freier INTERPOL-Mitarbeiter verhafte ich Sie hiermit wegen vorsätzlichen Mordes an Ihrer Ex-Gattin Sisserl!"

Landeshauptmann Sebastian Aufgschöttel und sämtliche Polizeikollegen gratulierten begeistert dem

Kripo-Chef aus Pizzapiccola – derzeit abgeordnet zu INTERPOL Wien – zu dem unglaublich schnellen Ermittlungserfolg und luden ihn zu einer bescheidenen Mahlzeit ins exklusive Restaurant „Rote Bar" des Sacher-Hotels ein.

Auf die Plätze, fertig, los!

Commissario Giuseppe Caldofredo hatte auf Grund seiner beeindruckenden Erfolge auch im Rahmen der Abordnung zu INTERPOL Paris einen Wunsch frei. Er entschied sich für eine Reise nach Olympia, der antiken Gründungsstätte der Olympischen Spiele. Noch heute wird dort die olympische Flamme entzündet, die in der jeweiligen Stadt während der Wettkämpfe brennt.

Auf dem Flughafen Athen erwartete ihn bereits ein Privat-Taxi samt Fahrer, das ihn nach Katakolon bringen sollte.

Dieses Hafenstädtchen ist Ankerpunkt für viele Kreuzfahrtschiffe, deren Passagiere ebenfalls zu den olympischen Antikstätten reisen möchten.

Nach einer vierstündigen Fahrt ab Athen erreichten Seppe und Fahrer Ajax (hat nichts mit dem bekannten Reinigungsmittel „AJAX macht das Becken rein!" zu tun) das erste Etappenziel, um dort das sehenswerte Museum mit zahlreichen antiken Büsten, Urkunden, aber auch originellen Souvenirs zu besichtigen.

Bereits nach kurzer Fahrt stieg Seppe das olympische Flair in die Nase und schon von weitem grüßten die Überreste der Tempelanlagen, die Zeus und Hera gewidmet waren.

Um sich nach der langen Autofahrt etwas zu entspannen, besuchte der Kripo-Chef ein altgriechisches „Fitness-Studio" auf dem weitläufigen Gelände.

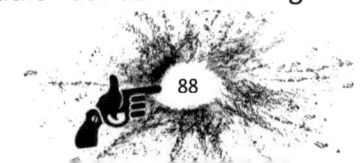

Nicht ohne Grund zog es ihn zu dieser Gründungsstätte des Sports. Ist er doch selbst in zahlreichen Sportarten ein weithin bekannter Leistungsträger: 63,8 Sekunden über 100 Meter, Träger des Kleinen Seepferdchens im Schwimmen, 52 Zentimeter misst sein Hochsprung-Rekord und in der Sportart Ringen ringt er sehr oft sogar mit sich selbst. Vor allem aber im Schießen mit seiner großkalibrigen Beretta-Dienstwaffe macht ihm kein anderer etwas vor. Die Patronen, die mit exakt 99 Schrotkügelchen gefüllt sind, treffen nämlich immer – irgendwie bzw. irgendwo.

Er ist also durchaus in eine Reihe mit den damaligen Antik-Helden zu stellen. Nur der Sieger zählte und erhielt einen Siegerkranz aus Olivenzweigen plus Stirnband. Die Unterlegenen wurden verspottet und mussten auf Schleichwegen in die Heimat zurückkehren. Einige der Disziplinen (Leichtathletik, Schwerathletik, Pentathlon und Reiten) gibt es bekanntlich heute noch – wenn auch meist in abgewandelter Form.

Seppe hatte zu diesem besonderen Anlass auch ein exklusives Krawattendesign aus seinem riesigen Fundus auserwählt: Eine bildschöne Griechin in einem stoffarmen Kleidchen samt brennender Flamme. So war es nicht verwunderlich, dass er auf dem Weg zum Olympia-Tor von zahlreichen Touristen geknipst wurde; viele baten ihn zudem um ein Selfie oder Autogramm auf der soeben im Souvenirladen erstandenen Ansichtspostkarte des Zeus.

Als Seppe endlich sein Ziel, die Startlinie im Stadion, erreicht hatte, kauerte er sich originalgetreu dort nieder, um die exakte Distanz herunter zu sprinten. Doch wo war diese Linie, die doch auf jedem Foto der antiken Stätte zu sehen ist? Weg! Verschwunden!

Diesen Frevel konnte der berühmte Commissario aus Pizzapiccola nicht hinnehmen und so schrie er mit sich überschlagender Stimme: „Polizia INTERPOL! Jeder Nicht-Grieche bleibt an seinem Platz!"

„Ajax, alarmiere alle verfügbaren Polizeikräfte", wies er in seiner souveränen Art den Taxi-Fahrer an „und lasse sämtliche Touristen körpernah abtasten nach dem verschwundenen und unersetzlichen Zeugnis der Antike. Für die Untersuchung der weiblichen Touristen benötige ich einige freiwillige Original-Griechinnen."

Sofort drängten sich in einem regelrechten Wettkampf fünf Hera-Abkömmlinge namens Ariadne, Daphne, Desdemona, Euridyke sowie Penelope in seine Reichweite und betonten, sie stünden in jeder Hinsicht zu seiner Verfügung.

Unterstützt wurden sie von drei mächtigen Kämpfer-Figuren, die sich als Adonis, Ikaros und Aristoteles vorstellten.

Es dauerte nicht lange und Seppes Anweisungen führten erfolgreich zum Ziel. Eine japanische Kreuzfahrtpassagierin hatte sich – ohne böse Absicht – die Startlinie unter den Nagel gerissen und in ihrer Handtasche als Souvenir eingepackt.

Die Startlinie wurde wieder an der altgewohnten Stelle angebracht und der Commissario sprintete nach dem Startzeichen die Stadionrunde über knapp

200 Meter in exakt einer Minute und 37 Sekunden unter dem tosenden Beifall aller Anwesenden ins Ziel.

Anschließend hakten sich die fünf auserwählten Olympionikinnen irgendwie beziehungsweise irgendwo bei ihm ein und geleiteten in mit Ajax` Hilfe zum Hotel. Zur Belohnung durfte er sich eine von Göttin Heras Urenkelinnen zur persönlichen Betreuung auswählen.

Am nächsten Morgen setzte ihm die ausgeloste Gewinnerin Ariadne einen Lorbeerkranz auf und verlieh ihm verliebt lächelnd den griechischen Namen Costas, was so viel bedeutet wie „Der Standhafte".

Zuviel des Glücks

Wer einen Ferrari in der Farbe Postgelb mit 763 PS und Reifengröße 330/90 Z24 sein eigen nennt, darf auch problemlos ins Fürstentum Monaco einreisen und sich eine bescheidene Bleibe suchen.

Der teuerste Ort der Welt – zumindest was die Immobilienpreis anbelangt – lockt nicht umsonst die Neureichen, Geschönten und Verwöhnten. Für sie ist es auch selbstverständlich, im Hafen ein bescheidenes Boot für kleine Rundfahrten liegen zu haben oder aber sich auf diesen als leicht bekleidete Gästinnen nicht nur der Sonne hinzugeben.

Commissario Giuseppe Caldofredo verdankt seinen Luxusschlitten dem lieben Schwiegerpapa, der ihm als der einzige Ferrari-Händler von Pizzapiccola einen solch bescheidenen Benzinfresser als Dienstwagen zur Verfügung gestellt hatte.

Auch Monte Carlo stand auf der Liste, die der Kripo-Chef im Rahmen seiner Abordnung zu INTERPOL „abarbeiten" durfte. Inklusive einer gemütlichen 6-Sterne-Suite in der Altstadt. Lediglich für die Verpflegung musste er selbst aufkommen. Nicht wenig, wenn man bedenkt, dass sich dort die Whiskypreise bei 24 Euro (pro Schluck!) und 25 Euro für Fast Food in einem Billig-Restaurant einpendeln. Seppe war jedenfalls froh, dass er in einer solchen „Eck-Kneipe" ein Gericht auf der Speisekarte entdeckte, das immerhin italienische Wurzeln aufwies. Auch wenn es sich hier Barbajuan nannte, handelte es sich zweifelsfrei um frittierte Ravioli.

Als er frisch gestärkt das Lokal verließ, entdeckte er an der nächsten Ecke ein Gesicht, das ihm irgendwie bekannt vorkam. An dem Gesicht hing ein Mann in den Fünfzigern, der hartnäckig versuchte, ihm eine Autogrammkarte aufzudrängen. Erst als er den aufgedruckten Namen studierte, fielen Seppe die Schuppen von den Augen: Boris „Bobbele" Bekker. Eine Straße weiter das gleiche Spiel – diesmal mit einer früheren Formel 1-Ikone. Irgendwann beulte sich seine rechte Hosentasche aus mit einer Bilder-Sammlung solcher Vergangenheitsbewältiger und Steuerflüchtlinge. Er beschloss daher, endlich in eines der Wahrzeichen Monte Carlos zu flüchten – das berühmte Spielcasino. Nicht dass der Polizeibeamte von der sizilianischen Halbinsel ein Spielsüchtiger wäre und demzufolge spezielle Kenntnisse in dieser Branche hätte. Keineswegs, denn der Bereich Glücksspiele fiel zu Hause in die Zuständigkeit des Präsidiums Messina. Aber schließlich rangierte er ja auf einer Weiterbildungsschiene und da er ein üppiges Tagegeld von 500 Euro zur Verfügung hatte, konnte es nicht schaden, auch in dieser Hinsicht sein Glück zu testen.

Auch hier empfing ihn im Foyer ein demütig gebeugter Livrierter und lobte seine exklusive Seidenkrawatte mit Edelsteinmotiven in den höchsten Tönen. Als er gar seinem Ausweis entnahm, wen er als Gast gnädigst empfangen durfte, geleitete er Seppe unter Dauerzuckungen zum ersten Raum – dem Automatensalon.

Der Commissario wandelte an den langen Reihen mit Spielgeräten entlang, die vorwiegend von Damen älterer Jahrgänge bevölkert waren – natürlich alle der Örtlichkeit entsprechend hochwertig gewandet.

Fast alle Automaten wurden mittels Knopfdruck in Gang gesetzt, doch in einer versteckten Ecke entdeckte er noch ein paar Oldtimer-Modelle, die im Gegensatz zu den anderen relativ primitiv aussahen und ihn an Antiquitäten aus amerikanischen Spielfilmen der 60er über das Spielerparadies Las Vegas erinnerten.

Genau vor einem solchen Relikt aus vergangenen Zeiten nahm er Platz und fütterte den Automaten, den man noch mit einem Handhebel auf der rechten Seite starten musste. Aus diesem Grund werden diese Spielgeräte bekanntlich auch als „Einarmige Banditen" bezeichnet. Doch Seppe schien seine Glückssträhne zu Hause im falschen Ordner abgelegt zu haben. Denn nicht ein einziges Mal zeigten sich drei identische Kirschzweiglein, Aprikosen oder Diamantensymbole im Sichtfenster. So machte er nach einer Weile ziemlich frustriert einem Gast Platz, der offenbar rechts eine Armprothese trug. Und wie in den Seeräuberfilmen alter Prägung befand sich an Stelle der Hand ein metallener Fleischerhaken. Genau mit diesem bediente er auch den Starthebel.

Gleich beim ersten Versuch gelang dem Schwerbehinderten, was Giuseppe vergeblich erhofft hatte und die Münzen schepperten nur so in das Geldausgabefach. Oder auf einen einfachen Nenner gebracht: Alles, was der Commissario vorher in den gierigen Schlitz gefüttert hatte, wurde nun fette Beute des Piraten-Verschnitts.

Er schaute sich das eine Zeitlang an, bis er den Serien-Gewinner bat, ihn doch auch nochmals ans Gerät zu lassen.

„Kein Problem", meinte der Hakenträger, der sich übrigens als Landsmann aus Neapel zu erkennen gab. Er räumte das Münzfach leer und überließ dem Kripobeamten seinen nun anscheinend unschlagbar auf Gewinn programmierten Vergnügungsplatz.

Doch dieser wiederum konnte an dem Einarmigen Banditen noch so zärtlich oder auch kräftig ziehen – der zählbare Erfolg blieb erneut aus. Kaum saß der Amputierte jedoch wieder am Automaten, füllte sich konstant sein Geldsäckel. Verdammt, das konnte doch nicht mit rechten Dingen zugehen! War es etwa möglich, dass die rotierenden Spulen im Gerät auf Magnetimpulse reagierten, die von der Pseudo-Metallhand ausgingen? Oder wurden vielleicht Befehle mittels Funksignalen gesendet wie bei den heutigen Handless-Free-Keys zum Öffnen der Autotür?

Seppe winkte einen der Casino-Aufseher herbei und bat ihn leise aufzupassen, dass sich der erfolgreiche Spieler nicht entferne, während er selbst den Casino-Manager über seinen Verdacht informierte. Zu zweit geleiteten sie anschließend den Dauergewinner in dessen Büro, wo auch bereits der alarmierte Sicherheitsoffizier auf sie wartete.

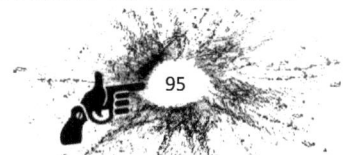

Der Commissario gab sich mit seinem Dienstausweis zu erkennen, der auf diesem Ausflug ins Glück immerhin leichter zu tragen war als seine großkalibrige Pistole, worauf sämtliche Casino-Hosts herbeieilten und die Hacken zusammenschlugen.

Der Gewinnabonnent aber wurde aufgefordert, seine Jacke auszuziehen. Und da konnten sie zu ihrem großen Erstaunen sehen, dass der glückliche Neapolitaner mitnichten ein Anwärter auf einen parkscheinfreien Behindertenparkplatz war. Vielmehr erblickte der angeblich amputierte rechte Arm plötzlich unversehens wieder das Licht des weiten Horizonts. Der Metallhaken, der als Handersatz diente, war mittels Klebebändern am Arm befestigt. Damit war aus dem einarmigen Banditen auf wundersame Weise wieder ein zweiarmiger auferstanden. ´Zum Glück´ konnte man sagen, denn wie sonst hätte der Security die stählernen Handschellen anbringen sollen?

Giuseppe Caldofredos Verdacht bestätigte sich: Der Abzocker hatte sich ein Programm zurechtgestrickt, mit dem er die Steuerung des Spielautomaten austricksen konnte.

Rasch wechselte der „INTERPOL-Agent auf Zeit" auf dem WC seine Krawatte, ehe ihm der Casino-Manager voll Dankbarkeit über seine Spürnase die erkleckliche Gewinnsumme des Betrügers als verdiente Belohnung aushändigte.

Doch nun hatte Seppe Blut geleckt. Was sollte ihn daran hindern, auch noch die „echten" Casinoräume zu erforschen. Ein kleines Taschengeld dafür hatte man ihm ja schließlich gespendet.

Im Vergleich zu dem relativ unpersönlichen Automatenraum betrat er nun heilige Hallen. Man hätte die Unmengen an Geld und Chips geradezu riechen können, wären diese Düfte nicht noch von sämtlichen Edel-Parfums der Welt übertroffen worden. Ausgeströmt von tief ausgeschnittenen Damen von Welt – worunter sich durchaus auch einige Exemplare der Halb- und Unterwelt befinden mochten.

Caldofredo nahm an einem Roulette-Tisch Platz und setzte mutig zwanzig Euro auf die Zahl 37. Total schockiert klärte ihn der Croupier freundlich auf, dass die Zahlen auf dem Tableau doch nur bis 36 reichen würden. Der absolute Amateur bestand jedoch darauf, jedes Mal auf „seine" Zahl zu setzen. Erst als seine ehemals aufgetürmten Chips auf Nimmerwiedersehen dem einnehmenden Wesen des Croupiers zum Opfer gefallen waren, gab der Commissario endlich auf.

Am Nebentisch wurde laut Hinweisschild „Caribbean Stud Poker" gespielt. Seppe schaute den Spielern interessiert über die Schulter und auf die Karten, die sie in ihren Händen hielten. Offensichtlich ließ sich bei diesem Spiel ohne große Kenntnisse reichlich Kasse machen. Die Neugier gewann die Oberhand und so sicherte er sich den letzten freien Platz in der Runde. Nachdem er seinen Einsatz getätigt hatte, hielt er gleich beim ersten Blatt fünf Karten der Farbe Pik in den Händen.

„Flush, mein Herr!" sagte der Dealer und schob ihm Chips im Wert von dreihundert Euro zu. Und so ging es weiter. Während die Mitspieler am Tisch mit wechselndem Erfolg teilnahmen, strich Seppe innerhalb einer halben Stunde rund 1.500 Euro ein. Absolut ohne unverschämte Einkommensteuer und Sozialversicherungsbeiträge. Immer mutiger geworden, erhöhte er seine Einsätze. Und plötzlich – er wollte seinen Augen nicht trauen – hielt er vier Asse in den Händen. Diesen Gewinn würde ihm in dieser Runde niemand streitig machen. Das Zwanzigfache seines Einsatzes. Davon konnte er ja sogar seiner Mimicrema einen neuen Bikini kaufen.

Triumphierend legte er sein Blatt auf den Tisch, während sich seine Nebensitzerin kurz bückte, um ihr heruntergefallenes Taschentuch wieder aufzuheben.

„Tut mir ehrlich wahnsinnig leid, Monsieur", sagte sie zu Seppe. „Aber diesmal bin ich noch besser: Royal Flush, meine Herren!"

Und sie legte Ass, König, Dame, Bube und Zehn in der Farbe Karo vor sich ab.

Auch wenn er die Spielregeln noch nicht genau kannte, so konnte Seppe doch immerhin auf vier zählen und mehr Asse gibt es in einem Kartenspiel nun mal nicht. Und so legte er grinsend neben seine rechtmäßig erworbenen Asse seinen INTERPOL-Ausweis und sagte zu der Hochstaplerin: „Diesmal haben Sie zu hoch gepokert, Madame! Ich nehme Sie fest wegen illegalen Falschspiels. Oder besser gesagt: Das Spiel ist aus!"

Inzwischen hatte der Dealer erneut den Casino-Manager herbei gerufen, der sich an das ertappte Pokerface wandte: „Ihr Pech Madame, wir hatten Sie schon länger im Verdacht. Und unser Glück, dass wir heute einen Kriminal-Profi mit am Tisch hatten. Folgen Sie mir bitte."

In seinem Büro wandte er sich im Beisein des Commissario und mehrerer Securities, darunter zwei weiblichen Polizeibeamten, an die Ertappte: „Uns fiel schon des Öfteren auf, dass Sie, wenn es um höhere Summen ging, immer noch ein Ass in petto hatten. Allerdings nicht – wie in Western-Saloons üblich – im Ärmel, sondern im BH versteckt. Und jedes Mal, wenn Sie sich bückten oder abwandten, weil zum Beispiel das Handy klingelte oder wie im aktuellen Beispiel Ihr Taschentuch herunterfiel, zauberten Sie flugs eine solche Gewinnkarte aus Ihrem reichlich bemessenen Ausschnitt. Wenn jetzt eine der Damen an dieser Körperregion eine Leibesvisitation startet, findet sie bestimmt noch ein paar dieser Reserve-Asse."

Genauso bewahrheitete es sich und der Casino-Chef wurde nicht müde, den Einsatz des „verdeckten Ermittlers Caldofredo aus dem herrlichen Sizilien" über den grünen Klee zu loben. Heimlich versenkte er noch einen Gutschein über eine Unikat-Karl-Lagerfeld-Designer-Krawatte in Seppes Gesäßtasche.

Doch damit nicht genug. Als der derzeit in Diensten von INTERPOL stehende Kriminalbeamte sein Hotelzimmer betrat, fand er auf dem Getränke-Bei-

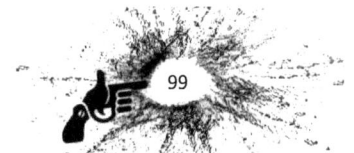

stelltisch ein Kuvert mit goldenem Siegel vor: „Die Herrscherfamilie des Fürstentums Monaco gibt sich die Ehre, Sie als bescheidenes Dankeschön für Ihren doppelt erfolgreichen Einsatz in unserem berühmten Casino heute um 11 Uhr zu einem Empfang in die fürstlichen Gemächer einzuladen."

Shalom!

Der Lehrgang bei INTERPOL, der den Commissario Caldofredo über drei Monate an zahlreiche europäische Ziele geführt hatte, neigte sich dem Ende zu. In dieser Zeit konnte er viele Kontakte mit fachlich herausragenden Kollegen schließen und nebenbei wurden ihm zahlreiche Auszeichnungen für erfolgreiche, außergewöhnliche Aufklärungsarbeit zuteil. Stellvertretend sei hier nur das ihm vom französischen Staat verliehene Großkreuz der Ehrenlegion genannt.

Doch nun war der Akku leer bis zum Anschlag und es zog ihn in heimatliche Gefilde zurück – zu Frau, Kinder, Kollegen und Kneipen. Aber zuerst wollte er sich noch einen lang gehegten Wunsch erfüllen: In Israel die Wege von Jesus und seinen Jüngern nachvollziehen.

Bereits vor der Anreise hatte er einen Guide engagiert, der ihn per Taxi sachkundig zu den wichtigsten biblischen Orten führen sollte.

Jossele Blumenstein, so hieß der ortskundige Driver, erwartete ihn bereits am Flughafen Tel Aviv. Zwei deutsche Ladies namens Sabrina und Heidi, ergänzten die überschaubare Reisegruppe. Seppe fand gerade noch Zeit, sich eine passende Krawatte mit den „Heiligen Drei Königen" samt Esel, Schaf und Ziege umzubinden, ehe Jossele seinen E-Daimler in Richtung Nazareth startete.

Wer es schon selbst erlebt hat weiß, wie beeindruckend dieser „Ausflug" in die biblische Vergangenheit sein kann. Und so ließ sich das interessierte Trio von einem Höhepunkt zum anderen chauffieren.

Von der Kirche der Seligpreisung (Bergpredigt) bis zum Jordan-Fluss,

Herrlich gegrillter Petersfisch direkt am See Genezareth und im Museum das restaurierte Original-Fischerboot von Jesus

        Die Brotvermehrungskirche
        Tabgha (Primat des Apostels Petrus)
        Golanhöhen
        Kapernaum (Weiße Synagoge)

Jerusalem:

        Ölberg
        Maria-Magdalena-Kirche
        Palmsonntagsweg
        Garten Gethsemane mit der Kirche der Nationen
        Der Zionsberg mit dem Saal des letzten Abendmahls
        Das jüdische Viertel
        Via Dolorosa
        Die Grabeskirche
        Damaskustor, Jaffator, Stefanstor und Goldenes Tor
        Bethlehem (Krippenplatz mit Geburtskirche)

Die beiden Deutschen Sabrina und Heidi ließen es sich nicht nehmen, im heiligen Wasser des Jordan zu einem Bad einzutauchen. Inmitten vieler Pilger aus aller Welt, die dort zur Taufe anrückten. Es war in diesem Moment allerdings keiner zu entdecken, der sprichwörtlich ´über den Jordan gehen´ wollte.

Seppe hatte Wichtigeres vor: Zu seinem Pflichtprogramm hatte er die Klagemauer in Alt-Jerusalem ausgewählt. Also lieh er sich eine Kippa aus, ohne dieses Käppchen darf man nämlich diesen geschichtsträchtigen Platz – streng nach Männlein und Weiblein getrennt nicht betreten.

Umschwärmt von sich pausenlos im Gebet verrenkenden ultraorthodoxen Juden, band er sich die Krawatte mit den handbehauenen Mauersteinen um und zog einen vorbereiteten handgeschriebenen Zettel aus der Tasche, um ihn wie viele Pilger in eine freie Ritze in der Mauer zu schieben.

Als Text hatte er sich folgendes ausgedacht: „Dolce Mimicrema, ich werde dich höchstwahrscheinlich immer lieben!" Und auf der Rückseite stand: „Und bestimmt auch alle anderen schönen und rassigen Frauen im Alter von 20 bis 40 Jahren, Nationalität egal. Auf eine komplette Namens-Aufstellung muss leider an diesem Ort aus Datenschutzgründen verzichtet werden. Zudem würde dieses eine Blatt auch bei weitem nicht ausreichen."

Der Commissario hatte den Schrieb sogar korrekt mit Dienststempel und Unterschrift versehen, dennoch ist bis heute nicht überliefert, ob er an der zuständigen Verteiler-Stelle angekommen ist.

Mit tatkräftiger Unterstützung von Sabrina und Heidi bewältigte er jedenfalls auch die letzte Nacht in Tel Aviv, bevor er wieder Richtung Palermo in den Flieger stieg. Im Gepäck befand sich auch eine „Original Dornenkrone", die angeblich Jesus auf seinem Leidensweg durch die Via Dolorosa getragen hatte und die er bei einem Souvenirhändler in ebendieser Gasse für den Schnäppchenpreis von 7,95 Euro erstanden hatte.

Eine Bomben-Stimmung

Die drei Monate in Diensten von INTERPOL waren wie im Fluge vergangen und so hatte Commissario Giuseppe Caldofredo überhaupt nicht das Gefühl, er wäre so lange weg gewesen, als er ins heimatliche Pizzapiccola zurückkehrte.

Was für eine Überraschung: Bereits am Ortseingang wurde er von einer begeisterten Menschenmenge empfangen. Spontan ließ er alle in einer langen Schlange antreten und abzählen. Und siehe da, kein Einziger fehlte. Noch nicht einmal der auf sämtlichen Beinen lahme Samuele Artista oder der reichlich erblindete Quilato Fussili.

In der ersten Reihe tummelten sich seine ehelich verbundene Mimicrema samt der sieben gemeinsamen Erzeugnisse, sein Ferrari-Schwiegerpapa und seine Mitarbeiter Enrico Papagallo, Caporal Tuttipasti sowie Polizeianwärterin Pipi Dell`Aqua. Alle schmetterten aus voller Kehle die Nationalhymne. Auch sein alter Freund Rigoletto Pasta, seit neustem „Einschluck" genannt, war extra angereist. Auf einem großen Tisch lagen sämtliche Auszeichnungen, Medaillen und Urkunden ausgebreitet, die dem Kripo-Chef im Rahmen seiner Abordnung verliehen worden waren.

Vor der Albergo „Al Capone" war ein großes Zeit errichtet und Bürgermeister Romeo Maccina schrie mit sich überschlagender Stimme: „Ihr seid alle eingeladen, auf Staatskosten! Hoch die Gläser auf unseren Helden!"

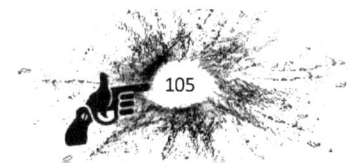

Das ließ sich natürlich niemand dreimal sagen und Kollegin Pipi überreichte dem Chef noch ein Päckchen. „Ist erst vor kurzem abgegeben worden. An Sie persönlich adressiert, Commissario!"

Seppe riss den Karton auf. Im nächsten Moment schoss eine Stichflamme heraus und ein Knall in Lautstärke einer Neun-Zentimeter-Granate brachte die Zeltwände zum Wackeln. Alle 837 Einwohner warfen sich zu Boden, doch ihr Held gab sofort Entwarnung: „Nichts passiert, meine Lieben! Anscheinend wollte mich jemand in eine Bomben-Stimmung versetzen. Wir werden daher morgen sofort die notwendigen Ermittlungen aufnehmen – sobald wir hier Umbertos Vorräte getilgt haben."

Das einzige, was er bedauerte war, dass seine exklusive Ferrari-Krawatte angesengt war und sich daher künftig nicht mehr korrekt knoten ließ. Auch Pipis Minirock hatte unter der Flamme gelitten und war dadurch noch 12 Zentimeter gekürzt worden (jugendfrei ab 18 Jahren).

Pasta frotzelte: „Was sollte denn in dem Paket sein? Hast du etwa wieder Sexspielzeug für dein Schoß-Hündchen Adolfo bestellt?"

Und so wurde es trotz dieses Zwischenfalls noch eine feuchtfröhliche und lange Nacht und alle waren wieder einmal stolz auf „ihren Commissario".

Gleich am nächsten Morgen stürzte sich die komplette Mannschaft voller Elan in die Routinearbeit. Seppe forderte zusätzlich in Messina zwei Spezialisten von der Spurensicherung an, die das Päckchen auf Finger- und Fußabdrücke und Brandbeschleuniger untersuchen sollten. Selbst Chef-Hund Adolfo durfte an den verkohlten Resten schnuppern. Sollte etwa ein Kollege aus den umliegenden Orten neidisch auf den Commissario geworden sein? Oder wollte ihn gar ein hintergangener und deshalb eifersüchtiger Ehemann mittels Sprengstoff ein wenig entmannen?

Tatsächlich sollte sich die erste Vermutung bewahrheiten, denn der Attentäter hatte doch tatsächlich routinemäßig und gewissenhaft entsprechend der Poststatuten seinen vollständigen Absender angegeben.

Michele Cottoletto, seit ewigen Zeiten Streifenpolizist in Lasagnegrande, war zum wiederholten Male eine Beförderung abgelehnt worden, weil er diesmal versehentlich dem Polizeipräsidenten a.A. (auf Abwegen) ein Knöllchen wegen Parkzeitüberschreitung vor dem Etablissement von Raquele Nutella verpasst hatte. Wegen zusätzlicher Dummheit im Amte musste Cottoletto eine Woche lang in seiner Freizeit die Zelle im dortigen Polizeirevier reinigen, bevor er in eigener Person als mutmaßlicher Täter des Sprengstoffanschlags für zwei Monate selbst dort eingelocht wurde. Für Seppe aber war es selbstverständlich, seinem Präsidenten äußerste Verschwiegenheit wegen dessen geheimer „Erkundungsaktion" zuzusichern.

Nach dreimonatiger Abwesenheit von der Familie war es für Seppe höchste Zeit, diese wiederum um ein weiteres Mitglied zu vergrößern. Nebenbei plante er jedoch, endlich selbst einen spannenden Krimi zu verfassen. Eine Leseprobe daraus soll hier folgen:

Das verstopfte Blasrohr

Der sizilienblaue Himmel war von kleinen zerfetzten Wolkenresten übersät. Passend dazu ein vor Wut schäumendes Meer, sobald es gegen die schroffen Felsen prallte. Kein Wunder, dass auch die Leute an diesem Dienstagvormittag entsprechend aufgestellt waren. Kein Gruß an den Nachbarn, keinen Cent Almosen für den ausgehungerten und ausgedursteten Straßenmusikanten. Sogar aus Amanda Hipp-Hopps Zügen glitt nur ein müdes Lächeln und schien in Michele Bruschettos Zähnen als ungenießbar hängen zu bleiben.

Doch plötzlich zerriss dröhnendes Wiehern sein stahlhartes Gesicht in tausend scharfe Falten und er warf so ruckartig seinen Schädel herum, dass es in seinem Stiernacken knirschte und polterte.

„Was willst du von mir, du abgehalfterte Tanz-Zikke? Hat mal wieder ein Kurzsichtiger aus Versehen deine purpurfarbenen Krampfadern gezählt?"

Ein trockenes Schluchzen erschütterte den gertenschlanken Body der Tänzerin und mit einem empörten Schluckauf hastete sie aus seinem Ratzfatz-Büro.

„Das bekommst du alles mit Zins und Zinseszinsen zurück, du Allroundversager!" schleuderte sie ihm entgegen und stampfte mit ihren 24-Zentimeter-High-Heels wie ein läufiger Elefant auf den brüchigen Boden.

Bei Bruschetto jedoch löste ihre zynische Reaktion einen solch heftigen Hustenanfall aus, dass sich sämtliche Darm- und Blaseninhalte unkontrolliert in

seinen ehemals weißen Seidenslip mit Eingriff ent-
luden. Bar sämtlicher Nervenstränge riss der Gast-
spieldirektor ein längst abgetakeltes Blasrohr aus den
afrikanischen Kolonialgebieten vom rostigen Haken
und legte auf die Luxus-Animateurin an, worauf sich
ihm ein röhrender Schrei aus deren alkoholresisten-
ter Kehle entgegenschleuderte. Gleichzeitig rann ein
gnadenloser Schauer der Angst ihr herrlich gewach-
senes Rückgrat hinab.

„Heute blas i c h dir mal einen", jubilierte der völlig Ausgetickte. Er setzte den Mund so leidenschaft-
lich an dem Rohr-Ende an, dass die grobschlächtigen
Kaumuskeln weiß unter der großporigen Haut her-
vortraten. Genüsslich zielte er über nicht vorhandene
Kimme und Korn, doch anstatt den im Blasrohr ver-
klemmten Pfeil in Richtung seines Opfers zu pusten,
atmete er tief ein und löste damit etwas aus, das
nicht auf seiner Rechnung stand: Der edle, handge-
schnitzte Kampf-Pfeil wählte die umgekehrte Richtung und sauste stattdessen in seinen eigenen geld-
gierigen Schlund.

Bruschetto verschluckte sich unverzüglich an dieser absolut tödlichen Suizid-Behandlung – der Pfeil
war nämlich vor Jahrzehnten vom somalischen Stam-
mesmediziner (von sämtlichen afrikanischen Ersatz-
kassen zugelassen) in ein Naturheilmittel namens
Curare eingetaucht worden – und spuckte wie ein
Fußballstar auf dem Rasen unter höchst widerwärti-
gem Röcheln sein absolut unwertiges Dasein aus. Seine Augenlider schlugen so heftig zu wie Fensterläden

bei einem Orkan und ehe er noch einen bissigen Kommentar von seinen bereits blutleeren Lippen entlassen konnte, gab er sämtliche verfügbaren Löffel ab.

Nein, so hatte sich der herzlose Agent sein Ableben nicht in den schönsten Träumen vorgestellt: Wimmernd vor hässlichen Schmerzen, blutend wie ein frisch abgestochenes Schwein (BIO-Bodenhaltung) und ohne notarielle Hinterlegung eines Abschiedsbriefes samt Lottozettel für die Samstagsauslosung.

Amanda Hipp-Hopp jedoch dürstete nach diesem für sie überaus freudigen Ereignis nach einem coolen Drink an der Bar.

In diesem Moment betrat der Kunstschütze Lorenzo Di Coltelli das Büro des – ehemaligen – Agenten. Als er diesen völlig teilnahmslos im Staub des schlecht gesaugten Bodens vor sich hin rotten sah, ergriff er die günstige Gelegenheit bei sämtlichen Schöpfen. Er zog seine Kunstschuss-Waffe aus dem rechten Stiefel und die Kugel, die altersschwach aus deren Lauf hustete, entfernte zuerst rückstandslos den Rotweinfleck auf dem linken Hemdsärmel des eh schon Gemeuchelten. Ein weiterer Schuss zog dessen an sich schon makellosen Scheitel nochmals korrekt nach, um sich dann brüllend in der Blümchentapete der gegenüberliegenden Wand zu versenken.

Giuseppe Caldofredo, seines Zeichens Kripo-Chef aus Pizzapiccola, wollte sich in diesem als zwielichtig bekannten Etablissement einen entspannten Abend einverleiben. Sein Kumpel Rigoletto Pasta hatte ihm den Auftritt einer heißen Show-Tänzerin sehr ans Herz gelegt.

So suchte er sich mitsamt seinem Rassehund Adolfo einen freien Platz an der Bar neben einer ebensolchen Dame, die ihm unverzüglich in sämtliche Augen sprang. Eindeutig ein Heidi-Klumlitz-Verschnitt, nur um Jahrhunderte jünger. Er begrüßte sie mit einem souveränen ´Ciao Bella´, band sich schnell eine neue Krawatte um und orderte einen Mai Tai-Cocktail – in der Küchenmaschine gequirlt.

Dann sprach er charmant seine Stuhl-Nachbarin an: „Sind Sie auch alleine hier?", worauf sie ihm ein Lächeln zuwarf, das prompt seine Hose auf Größe S schrumpfen ließ. Dennoch schaffte sie es nicht, den in vielen Gefahrensituationen Gestählten mit ihrem grell umschminkten Augenaufschlag einzulullen, auch wenn ihre Worte ihn berührten wie die zärtlich streichelnden Finger einer sexhungrigen Frau auf seiner nackten Haut.

In diesem Moment betrat der Kunstschütze die Bar – in der Hand noch die heftig vor sich hin qualmende Pistole. Die Tänzerin warf ihm jedoch einen solch entwaffnenden Blick zu, dass seine Hand auf der Stelle lahmte. Danach lief er übergangslos in einen rechten Haken des Commissario, der ihn ganz ohne Schlaftablette in das Land der Träume schickte.

Quasi als Zugabe verbiss sich sein treuer Rüde Adolfo nachhaltig in die linke Wade des Schützen, was Seppe auch auf der Stelle bezüglich seiner Nachforschungen zu dem örtlichen Mafia-Syndikat tat.

Mittlerweile waren die Lichter in der Bar erloschen und konzentrierten sich auf die Bühnenbeleuchtung, *was bewirkte, dass das Make-Up seiner Neben-Hokkerin plötzlich dem Putz an der Außenfassade eines einsturzgefährdeten Gebäudes ähnelte.*

Seppe legte dem Kunstschützen Di Coltelli, der aus jeglichem Verkehr gezogen war, eine Auswahl passender Handschellen an, was dieser mit einem völlig lustlosen Stöhnen quittierte. Amanda Hipp-Hopp jedoch bot auf der flammend angestrahlten Bühne extra für den Kripobeamten eine Solo-Nummer zu heißen Mambo-Rhythmen. Zuvor hatte sie sich korrekt an den weiblichsten Körperstellen mit FFP2-Masken verhüllt, was der Commissario wohlwollend registrierte.

Seppe, der den vorstehenden Manuskript-Auszug an zahlreiche hochkarätige Verlage eingereicht hatte, wartet nun gespannt auf deren Antwort. Sollten diese begeistert auf sein Werk reagieren, könnte er ja immer noch seine reguläre Arbeitszeit auf die Hälfte reduzieren, um künftig mehr Zeit fürs spannende Autorendasein übrig zu haben.

Commissario Caldofredo ist extrem reiselustig. Stets begleitet von seiner hochwertigen NIKON.

Und so drückt er nicht nur bei Gefahr im Verzug auf den Abzug seiner Dienstwaffe, sondern mindestens genauso gerne bei lohnenden Objekten auf den Kameraauslöser.

Auf diese Weise entstehen immer aufs Neue nicht nur tolle Erinnerungen an Landschaften, Hafenstädtchen und deren Bewohner, sondern auch spontane Schnappschüsse von skurrilen Motiven. Eine kleine Auswahl davon möchte er auf den folgenden Seiten zeigen.

Aus klein mach groß

Für 30 Euro – nur in bar –
mach ich kürzer deine Haar.

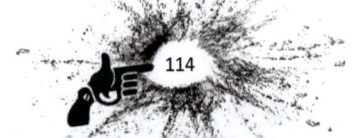

Freiluft-Klo ohne Entgelt

Art-Erhaltung

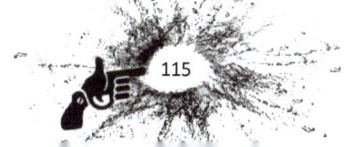

Mankini – der letzte Schrei für gestandene Männer

Juhuu! Ich bin in Amsterdam!

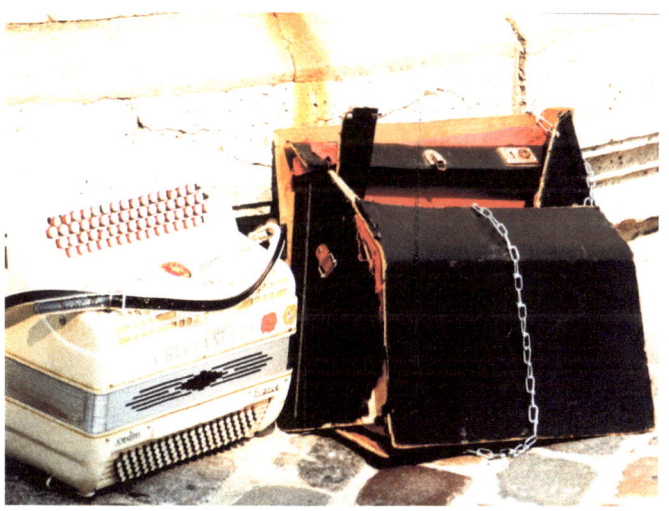

Wertschätzung

24-Stunden-Pflegekraft anno 1800

Löwen-Mähnen (m/w)

Bei Falschparken Lebensgefahr!

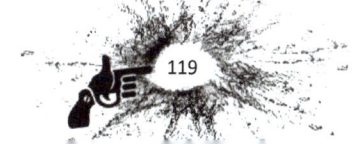

Vogel-Verlobung

Herz, Nieren, Lunge – alles okay. Nur der Darm…
Hier Ihr Rezept.

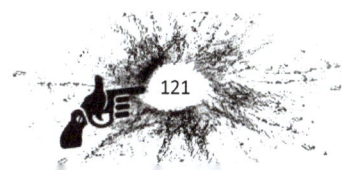

Verdammt, wo hab ich die Hand jetzt wieder liegenlassen?

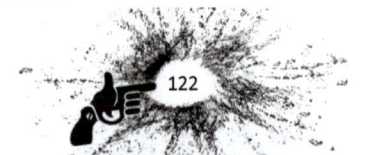

Bitte nur korrekt frankiertes Toilettenpapier
einwerfen!

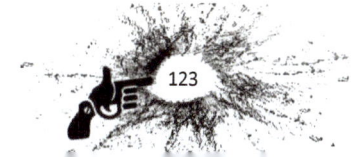

Diese Aussicht war schon immer phänomenal

Allround-Bike

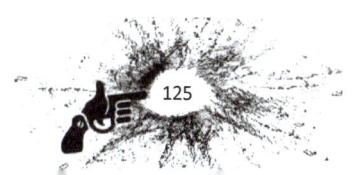

Deshalb immer:
Korrekte Bekleidung im Handgepäck!

Das ist ja wirklich oberirdisch…

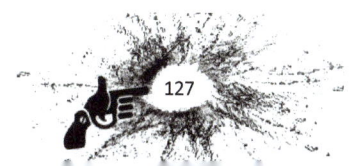

Endlich sitzt die neue Brille perfekt

Wenn die Behandlung auch so krankt
wie die Sonnenblumen...

CMI DR.
EDUARD ARMEANU

MEDICINA DE FAMILIE
ECOGRAFIE
LASERTERAPIE
ELECTROCARDIOGRAFIE
TELEMEDICINA
SPIROMETRIE
ANALIZE
HOMEOPATIE
ACUPUNCTURA

Nein, der Basti Kurz ist nicht mehr dabei.

Wat mut, dat mut!

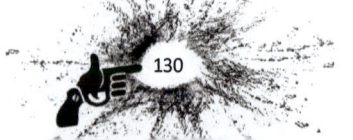

Vorbildliche Corona-Halskrause

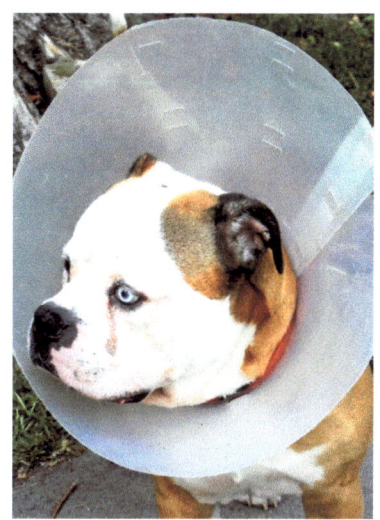

Ihr Zahnarzt (Schwerpunkt Implantologie)
hat noch Termine frei

Was? Buddha konnte auch Geige spielen?

Schau links, schau rechts, geradeaus…

La Paloma, ohe!

Ganz offensichtlich Linksträger

Ich wünsch mir, es käm` Regen,
dann dürften wir nicht fegen!

ANTWERPEN

KROMME ELLEBOOG
STRAAT

Geradeaus, dann links und dann scharf rechts!

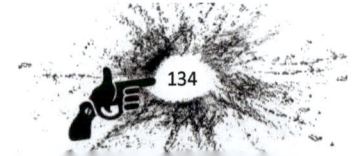

Tradition lebt weiter

Früh übt sich...

Bitte nicht foltern, dann doch lieber gleich...

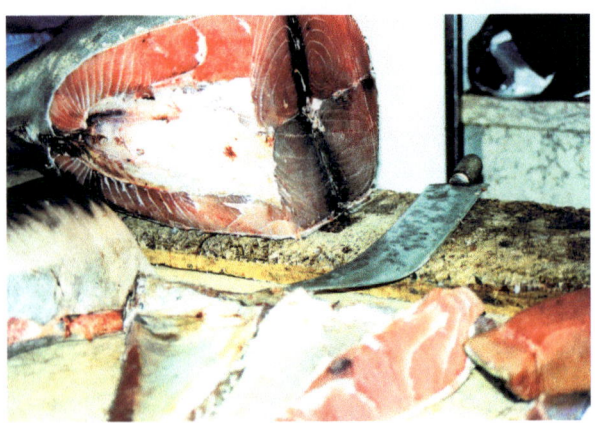

...Kopf ab!

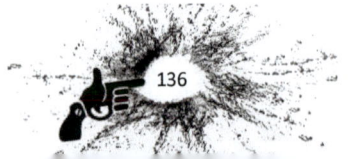

M IA, der Postbote kommt!

Seit ich diese coole Sonnenbrille trage,
stehen die läufigen Weiber Schlange

Auch diesmal musste der Autor sämtliche Kräfte
aufbieten, um den süßen Verlockungen
zu wiederstehen

Bisher von Rudi Hans Böhret bzw. unter seinem Pseudonym Fabio Marotti erschienene Bücher mit ISBN-Nummer

(auch als eBook)

Besser vom Böhret gezeichnet
als vom Leben
vergriffen!

Deftig-derbe
Bauernsprüche
ISBN 978-3-8370-7476-5

Ene mene mu -
und tot bist DU!
ISBN 978-3-8334-7539-9

VIPikaturen in der Tasche
sind ne originelle Masche
ISBN 978-3-8423-1440-5

Was, schon wieder
Venedig?
ISBN 978-3-8619-6101-7

Tausche Krähenfuß
gegen Lachfalte
ISBN 978-3-7322-4248-1

Es war kein
Hexenschuss
ISBN 978-3-8462-6743-9

Keine Gnade für
Blondinen
ISBN 978-3-7322-8448-1

Liebe Grüße vom
Humpelstilchen
ISBN 978-3-7357-6316-7

Flotte Linse &
kesse Lippe
ISBN 978-3-7386-0335-4

gut abgehangen
ISBN 978-3-7347-6759-3

Euch schaffe ich auch noch
ISBN 978-3-8391-2808-4

RUDI HANS BÖHRET

Dann mal gute Besserung!

Dann mal gute Besserung!
ISBN 978-3-7519-5136-4

Ene mene miste - und DU
liegst in der Kiste!
ISBN 978-3-7528-2364-6

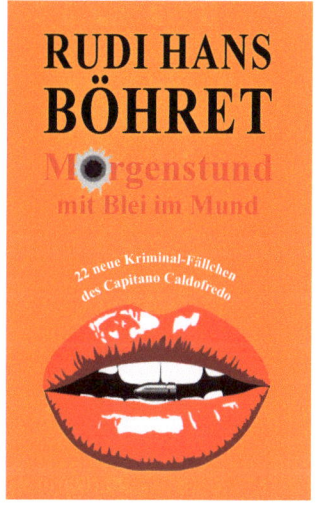

Morgenstund mit Blei im Mund
ISBN 978-3-7494-8267-2

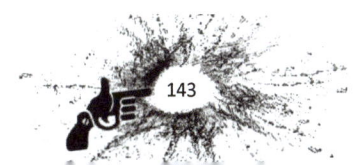

Rudi Hans

BÖHRET

Promis mit Profil?!

Best-of
Karikaturen aus zwei Jahrzehnten

Promis mit Profil?!
ISBN 978-3-7534-4202-0